目次

contents

喪服の三姉妹　孕ませ絶頂儀式

第一章　夜中の凌辱

1

広大な敷地に佇《たたず》む屋敷の和室で、三姉妹は静謐《せいひつ》な雰囲気のなか、座っていた。

「遥姉《はるか》さん、ここが誠《まこと》さんの実家!?　すごい大金持ちだったのね」

沈黙に堪えかねて、三女の詩織《しおり》は長女の遥に顔を向けた。

「不謹慎な言葉は控えなさい、詩織。誠さんの通夜を控えているのよ。遥姉さんの悲しみがあなたにはわからないの？」

次女の由果《ゆか》がすかさず注意した。

「それは、わかるけど……」

詩織はもじもじとダークブルーのスカート下を揺すりだす。好奇心旺盛な瞳を輝かせ、眼前にある桜の木へ視線を向ける。例年より春の訪れは早く、満開とまでいかずとも、八割の蕾は綺麗な彩りを古木に添えている。

春の風が和室を吹き抜けると、俯いていた遥はゆっくりと顔を上げた。

「誠さんのことを私はどれくらい知っていたのかしらね」

ポツリと呟くように遥が言うと、妹たちは黙ってしまった。

(誠さんは過去の話はほとんどしてくれなかった……)

二年前、東京にある企業で紹介されたとき、遥には一ノ瀬《いちのせ》誠はどこにでもいる一般男性に映った。派手な振る舞いや金銭感覚の異常も感じられず、いつもフラットな性格の誠に好意を抱くまでに時間はかからなかった。

「そう言えば、一ノ瀬太郎《たろう》さんという方が誠さんのお父様でしょ、遥姉さん。せめて、家族の話くらいは、弟の進《すすむ》くんから聞いていなかったの?」

漆黒のワンピース姿で、由果は遥に言った。

「誠さんも進くんも、家族の話をしたがらなかったの。誰にでも話したくない過去があると思っていたし、あえて尋ねるつもりはなかったわ。私には、まだ誠さんが死んだということを受け止められていない。こういう気持ちは、体験してみて初めてわかると思う」

遥は黒い和装喪服の袖から右手を出して、時計を見た。

(まさか、誠さんのお父様にこんなかたちでお会いするなんて)

一ノ瀬誠の父親を遥はまったく知らなかった。

誠は弟の進と一軒家に住んでいた。一般的な二階建ての家に、名家の御曹司の影はまったく漂っていなかった。涼やかで明朗闊達な誠に似た大学生の青年は、義弟となったあとも家から出なかった。

由果の問いかけに、詩織が質問をかぶせる。

「進さんがいてくれてよかったね。ふだんは、けっこう優柔不断で頼りないところがあるけれど、誠さんの件で葬儀まであっという間に済ませるとは思わなかった。彼は遥姉さんといっしょに来なかったのね?」

「ええ、いろいろ調整しなければいけないことがあるとか……私も手伝おうと思ったんだけど、無理をしないほうがいいって……本当に助かったわ」

遥はしゃべりながら、義弟に思いを巡らせた。

(彼も誠さんの死を受け止めきれていないのかしら。本当は、一番悲しみに沈むのはあの子のはずなんだけれど)

高校を卒業したばかりだというのに、詩織にとっては二十歳の青年は年下に映るのだろうと遥は思った。三女の言うとおり、あどけなさの残る青年は年齢よりもずっと幼く見えるときが多々あった。

（それにしても、まさか一ノ瀬財閥の御曹司だったなんて）

玉の輿に乗る野心は遥にあるはずもなかった。

（誠さんと進くんは、なぜあんな家で暮らしていたのかしら）

遅すぎる疑念が未亡人の胸に渦巻いているうちに、回廊を歩く足音が聞こえてきた。

「失礼します。初めまして、誠の父の一ノ瀬太郎と申します」

穏やかな雰囲気の紳士は、息子の死に動揺することなく、慇懃《いんぎん》な態度で頭を下げた。

太郎は回廊越しの桜を振り返り、自嘲気味に笑った。

「しだれ桜の咲きが、今年は早すぎました。手間暇をかけた古木なのに、訳のわからぬ自然の力で、鮮やかな花を実らせ、あっという間に散ってしまう。これが、本能なのか、定めなのか、いやはや……」

ダークスーツをピシリと身にまとう紳士が、手を鳴らす。

どこからか女中が風のように現れ、障子戸をすべて閉めると、さり気なく気配を消した。瞬きする時間の間に、静謐な沈黙に和室が包まれた。

（この方が、誠さんのお父様？）

胡坐《あぐら》をかいた男性を遥は改めて見る。

誠の兄弟と言ってもいいほど、若々しい容貌に未亡人は息をのむ。もっとふてぶてしさを湛え、傲慢不遜で老獪《ろうかい》な人間を想像していた。中性的な白い肌、すらりとした体型、見惚れるフェイスラインと流麗な目鼻立ち。あわせて、声優でも務まりそうな声が外見と見事に一致していた。

「挨拶が遅れまして、申し訳ございません。妻の遥です。その、誠さんと進くんからは、ご家族はいないとお聞きしておりました。こちらは、次女の由果、三女の詩織でございます」

「いえいえ、遥さん。誠を失ったショックが大きいおり、挨拶など無用です。さて、一ノ瀬の話は父親である私のほうから、口止めしていたのです。これは、いろいろな経緯があってのこと。まず、この点からご了承ください」

「そんな！　とんでもありません」

まるで、同じ歳の青年と会話している錯覚をおぼえた遥は、思わず声を上擦らせてしまった。紳士はじっと遥の喪服姿を眺めていた。

（どことなく、誠さんより進くんに似ているかしら）

清々《すがすが》しい視線が遥の胸に流れ落ちても、不思議といやらしさを感じない。何かへ思いを馳せるような風情《ふぜい》で、太郎は口を開く。

「正直、私も非常にショックを受けております。しかし、想定外の事態になってしまった以上、事情をお話しなくてはなりません。その前に……」

太郎は次女、三女へ視線を投げて、座卓で手を組んだ。

「一ノ瀬家のことを、あなた方に話します。これは、遥さん、由果さん、詩織さんの三人を一ノ瀬家の人間として迎え入れることになります。たとえ、葬儀のひとときといえど、一ノ瀬家の慣習に従ってもらわなければなりません」

「そう言われましても、それがどういうものかわからないと、こちらも判断できないと思いますけど。従うのが前提っておかしくないですか？」

怖いもの知らずの三女、詩織が口を尖らせた。慌てて、次女の由果が詩織の口を手で塞ぐ。一ノ瀬太郎は、特に気分を害した様子もなく、大きく頷いた。

「そのとおりです、詩織さん。これは、事前に写真を見せずに、見合いをさせるようなもので、このままお帰りいただいてかまいません」

「つまり、一度、一ノ瀬家の人間にならなければ、主人の葬式にも出られない。そう、おっしゃりたいのですね」

悲哀をこめて遥は太郎の顔を見た。

(この方も、やはり財閥の人間なのね)

紳士は言葉を継ぎ足すように言った。

「身も蓋もない言い方ですが、これは、あなた方のために申し上げているのです。納骨まで済ませたあと、本家の墓の場所をお知らせし、慰謝料もきちんとお支払いいたします。父親として、誠の伴侶を務めてくださった遥さんにできる精一杯のお礼です」

遥には納得のいく内容ではなかった。

(まるで、ビジネスライクに済ませようとしている)

慰謝料と言われ、次女、三女も剣呑《けんのん》な目つきになっていた。太郎はそっと小切手を座卓に置いた。そこには、一生暮らしていけるだけの金額が記入されているのを遥はそっと確認した。

「姉は、誠さんの妻として葬儀に出席するんです。見当違いな提案をされても、困るわ。これは、私たち、三姉妹の思いです」

次女の由果は、遥が手を出す前に小切手を摑んだ。綺麗に四等分にビリビリと切り裂いて、太郎に押し返した。

太郎は、弱ったなと小さく呟いたあと、軽く首を振った。

「一ノ瀬家の慣習に従って葬儀に出席する。それで本当によろしいんですね？」

紳士が手を叩くと、女中が再び現れ、座卓に三枚の紙を置いた。

「誓約書です。あとでトラブルにされると困りますので、署名してください。先ほども申し上げましたが、のり弁になっている部分は、剝がさないように」

十枚綴りの最後に署名欄があった。三女とも屈辱感に震えつつ、堂々と従った。

「後悔することにならないよう、祈っています」と紳士は付け加えた。

2

「では、一ノ瀬家の慣習について説明いたします」

一ノ瀬太郎は、唇を舐めて視線を落とした。

「一ノ瀬誠が天に召されるまで、倉持《くらもち》遥さん。あなたには、一ノ瀬進と子作りをしてもらいます。跡継ぎがいれば、慣習など無視できたのですが、事実婚の間に子もなく誠が亡くなってしまいましたので」

しばらくの間、黒の和装喪服を着た淑女は、眼前の男の言っている内容を理解できなかった。由果、詩織も同様だったらしく、呆然と太郎の顔を見つめていた。

「なぜ、誠さんの葬儀の間に、そんな破廉恥なことをしなくてはならないのですか?」

わなわなと総身をわななかせて、遥は声をふり絞った。

紳士はやれやれといった顔で首を振った。

「もう、お忘れですか? それが、一ノ瀬家の慣習だからです。ご心配なく。葬儀は一ノ瀬本家、つまりここの斎場を使い、密葬で行います。一ノ瀬家の人間は、慣習を知っておりますので、何も恥ずかしいと思われることはない」

ありえない話は、異常性が高まるばかりだった。

一ノ瀬太郎は胸ポケットから手帳を取り出し、パラパラと捲る。

「倉持遥、二十七歳。身長一六五センチ。スリーサイズは、バスト八八、ウエスト六一、ヒップ九二。排卵期は前日から。なるほどね……ちなみに、進にはマスターベーションを禁じております。ですから、思いっきり搾りとってくださってかまいません」

太郎の手帳には、遥のデータが生々しく刻まれていた。

「あなたね! 慣習じゃなくて、強姦じゃないの! 金持ちだか財閥だか知らないけど、何でも思いどおりになると勘違いしないで！」

つんざくような口調で、次女は激高した。ロングヘアの中に麗美なフェイスラインを描いた小顔があり、つるりとした白い卵肌に負けん気の強い切れ長の瞳が光っている。

太郎は由果を無視して、手帳を捲っていた。どこまでも落ち着き払っている態度が、遥には不気味に見えた。

「倉持由果。二十三歳。現在、お付き合いしている男性はなし。身長一七五センチ。バスト九五、ウエスト六二、ヒップ九五。排卵期は遥といっしょ。そうですか。遥さん。慣習では身代わり娘を使ってよいことになっています。もっとも、選択権は進にありますから」

冷酷で残忍な口調は、由果の表情をあっさりと曇らせた。

詩織は安心したように呟いた。

「よかったぁ。詩織は彼氏がいるから、進くんに奉仕しなくていいんでしょ？　遥姉さん、由果姉さん、誠さんのことで悲しんでいる彼を慰めてあげて。詩織は遠くから見守っているから」

「詩織！　あんたって子は！　遥姉さんを庇《かば》う気持ちはないの？　こんな変態おやじ

の言うことを真に受けて、馬脚を現したわね。もう、血も涙もないんだから」

醜い姉妹喧嘩を遥は、慌てて止めようとした。まだ、進もやってこないうちに結束が破綻《はたん》しては、元も子もないと思った。

そんな由果と詩織の言い争いは、男の告知で鎮《しず》まってしまう。

「倉持詩織。お付き合いしている方は、セフレですね。慣習ではセフレを彼氏とは言いません。それに、進があなた方に付き合いを希望するかどうかは、子作りの範疇《はんちゅう》ではありません。身長一七〇、スリーサイズ、排卵期は遥といっしょ。狙い頃ですね。それから、セックスは、オーラル、アナル問いませんから」

恐怖に引き攣る姉妹をよそに、遥は尋ねた。

「どうして、そんな慣習が伝統になってしまったのですか？　常識的に見れば、これは犯罪まがいのことではありませんか？」

もどかしそうに、遥は和装喪服を揺すった。ふわりと香水が、結い上げた髪間から漏れて、甘い匂いを周囲に放つ。

「元々、誠のような跡継ぎは大学を卒業したあと、三年間の社会修行をするのです。つまり、本来は結婚などしてはいけない慣習だった。ですから、監視の意味も含めて弟の進を同居させました。一族の中には、あなた方を詐欺師と勘ぐっている連中も少なくありません」

啞然とする遥の前に、戸籍謄本などの資料がばさりと置かれた。間には、遥と誠がレストランで食事をする写真から、ベッドで性行為に及ぶ写真まであった。

「これは進くんが撮ったの!? どうしてこんなことを……」

うろたえる遥に太郎は、哀れみを込めて言った。

「すべてはあなた方に対する疑義を晴らすためです。今はネットの時代。興信所や探偵を使わなくても、ある程度の情報ならたやすく得られる。財閥の御曹司を咥えこむメリットや動機がありすぎるのです」

散乱した資料の中には、遥の癪《しゃく》に障《さわ》る写真や領収書もあった。

(これは、由果や詩織といっしょの写真……誠さんが、どうして)

三姉妹で誠といっしょに外出する機会はあった。しかし、由果や詩織が単独で夫に連れ添う時間を、長女は知らない。

(ひょっとして、由果や詩織は誠さんが一ノ瀬財閥の御曹司かもしれないと踏んでお金を……)

由果や詩織は、必死に弁明を繰り返すが遥の耳には入らない。

「たとえ何があっても誠さんは亡くなってしまったわ。太郎さん。葬儀が終わるまでに三姉妹が孕《はら》まなければ、どうなるんですか？」

　必死に声をふり絞り、未亡人は男を見上げた。

「先ほどの慰謝料を振り込んで終了です。逆に、跡継ぎを妊娠した場合、三姉妹は一ノ瀬家の人間として、進に仕えてもらいます」

「ねえ、仕えるって意味わからない。どういうことよ？」

　不安げに髪を掻き上げ、由果は眉を顰《ひそ》めた。

「一ノ瀬家の人間になるからには、慣習に一生従ってもらいます。慣習では、主人の性奴隷となってもらうことに……具体的には……」

「いやあぁっ、そんなの死んでもいや！　私には将来のライフプランがあるの！　帰るわ、馬鹿々々しい！」

「ちょっと、由果！　待ちなさい！」

　誠の死など吹っ飛んでしまったのか、由果は怒り心頭で席を立った。そのまま、部屋を出ようとする由果の前に紳士がゆっくりと立ちはだかる。

「何よジジイ！　頭のネジが飛んだ台詞は、自分たちで勝手に言ってなさいよ！」

　紳士の襟を摑もうとした由果の腕は、すぐに捩じり上げられる。太郎はブルンと震えた次女のバストを揉み込んだ。

「進が来る前に、俺が味見をしてやってもいいんだぞ。毒があると不味いからな。酷い目に遭うのを少しでも遅らせたければ、おとなしくしていなさい」

刹那、三姉妹は戻れぬ闇の時間に足を踏み込んでしまったと悟ったのだった。

3

倉持由果は、おぞましい感覚に悲鳴をあげた。ところが、広大な屋敷においては犬の遠吠えに等しかった。

「離しなさいよ！　何様のつもり？　このおっ……」

三姉妹の中でも、由果は上背があり大柄な身体つきだった。健康的な小麦色の相貌を歪ませると、太郎は鷲掴みにした胸から手を離した。

「失礼。間もなく進はやってくると思います。慣習に従うつもりがないなら、後見人として、私も同席することになりますが……」

「一ノ瀬家の慣習に従うことは、了承しています。ただし、由果と詩織は帰してあげてもらえないでしょうか？　葬儀に出席するのは、妻である私だけで充分のはず」

長女の無垢な言葉が、由果の胸に響く。

一ノ瀬太郎は、チラリと由果を見て首を振った。

「残念ながら、一度、署名した約束を反故《ほご》にはできません。おまけに、由果さんは誠に借りがあるはずです。遥さんはご存知ないようですね。悲しいことです。進がすべて把握しておりますから、詳細は彼に聞いてください」

遥は怪訝《けげん》な表情で由果を見た。

「由果。あなた、誠さんから何を借りたのよ？　まさか……」

「そうそう。借りがある以上、逃げることもできませんね。これは無粋なことをいたしました。では、通夜の準備を終えて、私は失礼いたします」

太郎が手を叩くと、幾人もの女中が颯爽と現れて作業を開始した。襖《ふすま》が外され隣室と繋がり、十畳の部屋は四十畳の大部屋となる。

（誠さんからの借金まで知っているの⁉）

結婚詐欺を疑われている由果自身、被害者になっていた。思いを寄せていた大学生の先輩から、言葉巧みに言い寄られて、数百万円を騙し取られたのだ。

（あのとき、誠さんはたやすくお金を工面してくれた……）

共同で会社を興《おこ》すために、資金が必要という由果の相談を聞いて、誠は書面も交わさずにお金を貸した。遥には内緒というのが誠の提示した条件だった。

（一ノ瀬財閥の御曹司なんて知らなかったわ）

和室には献花台が設置され、仏具と共に棺桶が運び込まれた。

「ああ、誠さん！　どうしてこんなことに……」

慕情に駆られたのか、ふだんは冷静な長女が取り乱し、棺桶に近づいた。

すると、一ノ瀬太郎が間に立ちはだかった。

「駄目ですよ。遥さん、誠を喪失した悲しみから脱してもらうことも、慣習の目的に含まれているのです。一ノ瀬家の当主である進が許可したら、対面してもけっこうです」

「そんな……ううっ、わかりました」

はらはらと涙を流して、遥は俯いた。

長女の悲哀に満ちた姿を見て、由果は心打たれた。

（もし、進が姉さんを求めたら、私が食い止めてあげるわ）

密葬の準備が整うと、女中と太郎はいなくなり、進がやってきた。

ブラックスーツ姿の青年は、あどけなさの残る顔を三姉妹に下げると、兄の眠る棺桶のそばに座った。

「兄さん……安らかに眠ってね……」

ため息のように呟く青年は、三姉妹に顔を向けた。

「今回の件は、本当にご愁傷様です。遥義姉さん、元気を出してね。しばらくは兄さんのいない時間を過ごしていかなければいけないけどさ……」

「進くん。あなたこそ、無理をしてまで、元気に振る舞わなくていいのよ。三姉妹と進くんは家族同然なんだから、ね？」

「ありがとう、遥義姉《ねえ》さん」

日常生活でも、遥の家に姉妹はよく出入りしていた。長女の言うとおり、進と三姉妹は兄妹のように暮らしてきた。

（とても、これから私たちを傷つける青年とは思えないわ……）

進は一ノ瀬財閥の御曹司という雰囲気を見せようとしない。

「義姉さんたちも疲れたでしょう？　隣の部屋で休息しなよ。まさか、ずっとここにいたの？　女中に言えば、夕食も好きなモノを取り寄せられるからさ」

「じゃ、お言葉に甘えて、休ませてもらうわ。お父様の話が長くて疲れちゃったわ」

制服姿の詩織は、手提げバッグを抱《かか》えて隣室に移動した。

進はじっと詩織の制服姿を見ていた。

（これから、遥姉さんに……）

どこか目つきの変わった青年に、由果は身構える。ところが、喪服姿の遥を見て、進は声を立てて笑った。

「遥義姉さん。今日の通夜を喪服で過ごすつもり？　喪服は葬儀のときだけで充分さ。せめて、由果義姉さんのワンピースに着替えなよ。何でも用意できるからさ」

「ええ、そうね……じゃあ、着替えさせてもらおうかしら」

遥も情欲溢れる青年の視線が気になったらしく、どこかギクシャクした様子で隣室へと歩いていく。

「じゃあ、少し休んでからこちらに戻るわね」

長女に続いて次女が足を踏み出そうとしたとき、

「由果義姉さん。ちょっと話があるんだけど、いいかな？」

「えっ!?　いいけど……」

「進くん。由果に話があるなら、私が代わりに聞きます」

「遥義姉さん。僕は由果義姉さんに用があるんだ。悪いけど……」

慇懃で丁寧な言葉遣いには、有無を言わせぬ迫力があった。

「大した話じゃないからさ。遥義姉さんと詩織さんは隣の部屋でゆっくりくつろいでいてよ。すぐに終わるからさ」

青年に背中を押される格好で、遥は隣室に消えた。

するると、進はゆっくりと隣室の襖に衝立《ついたて》を置いた。

「父さんから、話は聞いているんでしょ？」

チラリと青年は由果を見た。

「ええ。訳のわからない慣習の話をグダグダとね。お父様、どうかされちゃったのかしら。ありえないことばかり並びたてられて、混乱していたところなの」

「それが、そう簡単じゃないんだよ」

衝立が置かれた隣室からは、物音ひとつ聞こえてこない。まったく違う世界に隔離されたような錯覚に由果は陥った。

「どういうこと？　お父様が言われたことを、あなたはやるつもりなの」

無意識に由果の脚が震えだす。

「できれば、僕も変な真似はしたくない。ただ、由果さんは兄さんからお金を借りたでしょ？　実は本家の銀行が貸しているんだ。おまけに、担保も用意しなかった。これは致命的なミスだ。親戚連中は、今すぐ返済しろと言っている」

「今すぐは無理よ。これから働くから、少しずつ返済していくわ。それなら文句ないはずよ。信用してちょうだい」

由果は動揺を悟られないよう、時間をかけて深呼吸した。胸元で組んだ両腕の上に、たわわな乳房が艶めかしく揺れる。

(兄の通夜で借金の話を出すなんて……)

青年は冷静に言葉を継いだ。

「信用する根拠は？　どこにあるんです？　兄さんが死んだ今、葬儀が終われば由果さんと一ノ瀬家は何の縁もない。これでは、結婚詐欺を疑われても仕方がない」

二十三歳の美女は唇を噛んだ。

「どうしろっていうのよ」

「簡単なことだ。この場で担保を作りましょう。そうすれば、遥義姉さんに手を出すこともないし、借金は由果さんのペースで返済すればいい」

少しずつ部屋の内部に闇が忍び寄るなか、進が部屋の隅を指さした。

「ええっ!?　あなた、まさか……」

部屋の隅には、いつの間にかカメラが設置されている。本格的なカメラらしく、三脚に大きな鉄の箱が固定され、不気味な光を発している。

(私を凌辱して、映像に残すつもり!?)

胸の鼓動が早鐘のように打ちはじめ、由果は不安な感情に慄く。震える肩に青年が手を置くと、美女は払いのける。

「やめてぇ！　私に触れないで！」

横座りの姿勢で、由果は後ろに身体を引いた。

「代わりに遥義姉さんのよがる映像を撮ってもいいの？　もしかしたら、詩織ちゃんも加わるかもしれないなぁ。連帯責任だから」

「進……くん。どうしちゃったのよ！　本気で犯すつもりなの？」

切れ長の瞳を吊り上げる美女の両肩が、若い男の手に摑まれる。

「これは、一ノ瀬家の慣習だ。遥を守りたいなら、身代わりになるんだ」

激しい羞恥心に身を焦がし、由果は顔を背ける。すると、官能的な首筋があらわになり、青年は相貌をうずめた。

「いやあっ、んんっ……変なところを舐めないでぇ……」

「熟れ頃の甘い牝の匂いと、ほのかな香水が混じっていいなあ。三姉妹の中では一番、肉感のある身体をしているから、いつも見ていたんだ」

熱い吐息と共にうなじから舐め上げられ、由果は屈辱感に肢体をよじる。

（この子、舌遣いが慣れているみたい……）

男の舌肉がきめ細かい女肉に馴染み、巧みに美女の性感帯を刺激する。ペロペロと子犬のように、チュッチュッと甘えん坊の子供のように、ペロリと大人の男のように、使い分けられて由果は言い知れぬ感覚に浸りだす。

「やめてえ、んふうっ、はあ、はうむ……んっ、んむちゅう、んああ、んんんっ」

ゆるりとワンピースのバックファスナーを下ろされ、由果の健康的な柔肌が空気に晒されていく。クネクネと抵抗を試みるものの、進はピッタリと身体を寄せて離れようとしない。

「黒いブラジャーをしてくるなんて、意外とおとなしいんだね。もっと大胆なタイプかと思ったんだけど」

「どういう意味よぉ……はあんんっ、いやあっ、チクビ舐めないでぇ。弱いのよぉ」

ワンピースの布地をブラジャーホックといっしょに抱きおろされ、たわわな実りが由果の胸元で砲弾のごとく突きでた。目の前に迫《せ》り上がった乳房は、不規則に揺れる。

桜色の肉蕾をチュッとキスされ、ビリビリと紅い電流が脳裏から駆け巡った。

(さっきから弱いところばかり……進は性感帯までも調べ尽くしているの!?)

口元に手の甲をあてて抑えていた淫らな喘ぎ声が、口端から漏れる。

「ふふふ、我慢しているの？　由果らしくないなぁ」

進はクスリと嗤い、双房を徹底的に虐めぬく。

ブラジャーのフロントホックを外され、プルンと重たげに乳房を剥き出しにされると、由果の体幹は羞恥心に貫かれる。両腕で隠そうとする前に、進は顔を埋め下ろし、桜蕾から弄《いら》いだす。

「ひいいっ、そこ舐めちゃいやあっ！　甘嚙みなんて……あ、あんっ！」

ブルンと由果の肉厚な裸体が震えた。

(年下の男に、いいように弄ばれるなんて)

性感を跳ね上げられ、清楚で高潔と言われる倉持由果は衝撃を受けた。

「抵抗しないの？　暴れたっていいんだよ。気持ち悪いならさ」

「子供のくせに、生意気を……あ、ああんっ、言わないで……感じて、はあんっ、なんか、いない……んんっ、だからあ……」

クンッと美貌をのけ反らす由果は、仰向けにされていた。しなった甘い声を吐く唇は淫らに濡れて、ふるふると長い睫毛を震わせる。当初、進の頭を押しのけようとした両手は力を失い、気づけば両肩にある座布団を握りしめていた。

(乳首ダメェ！　緩急までつけて、この子の舌は……)

由果の肉欲を磁石のごとく青年は集めていた。猥褻な水音に紛れて、進はリズミカルに舌を上下左右に回転乱舞させ、乳頭と戯れる。

「ふううっ、あんんっ……ひああっ、いい加減にしてえっ！」

由果は勝手に喉元から飛び出る甘い喘ぎを止められない。

（何でこんないやらしい声が出てしまうの⁉）

「ずいぶん綺麗なオッパイだね。しゃぶらせたりしたことないんでしょ？　どういう気分になるか、やられてみないとわからないくせに……」

「当たり前よ。赤ん坊にお乳をあげる場所じゃない。ミルクも出ないのに、吸いつきたいと思うほうがどうかしているわ。あなたみたいにね」

瞼の裏から涙を溢れさせながらも、由果は青年の戦意を削ごうと睨みつける。

にこりと進は微笑み、胸乳から顔を上げた。

「そうかな。だったら、アソコの膨らみも吸いつかれたことがないんだ？　今の要領でやってあげるよ。何にも感じなかったら、嚙み砕いてあげるから」

やめてと由果は大柄な裸体を捻り、ほふく前進する。

（もういやあっ！　好きなようにされたうえに録画まで……）

ふくよかな肢体は、筋肉質なボディラインを描いていた。

「肉感のある裸体にコンプレックスを抱くなんて、由果は変っているよね。骨太で痩せても見栄えが変わらない。フィットネスジムに通った結果、豊満なバストとヒップが目立つプロポーションになって、さらにコンプレックスが大きくなった」

「違うわよ！　誰が言ったの……そんなこと……ないわ、ああ、あああ」

一気にワンピースを引き抜かれ、由果はゆらりと大きく丸い尻を揺らす。迫り出した蜂尻は、はち切れんばかりの熟脂肪が詰め込まれている。

「ここだけは駄目。いやあ、見ないでぇ……いじったりしないでぇ」

振り向きざま、由果は桃尻を上げて秘所を両手で隠す。つるりとした尻たぶは、フェロモンが匂い立つような甘い汗に濡れていた。

青年は哀れむように嗤った。

「誘うようなポーズをしないほうがいいのに。忘れたのかな、由果？　これは一ノ瀬家の慣習であると同時に、遥義姉さんを守る救済措置でもあるんだ」

熟れた花弁を隠す美女の両手に、進はそっと手を重ねた。

「進……ここだけは許して。あなたを弟のように可愛がってきたつもりよ。だけど、やっていいことと悪いことがあるの。慣習というのは、法律ではないはず。ああっ、いやあああっ……やめてぇ」

由果はぽってりした唇を開き、悲鳴と喘ぎ声を放つ。

「勘違いしないでよ、由果。さっきから言っているだろう？　お前は遥の身代わりであると同時に、借金の担保なんだ。観音扉を開帳するぐらいで、ガタガタ言うんじゃねえよ！」

今までのあどけない口調から、酷薄な凌辱鬼へと変貌していく。

「指を入れないでぇ……はあんんっ、んああっ！」

肉蓋をこじ開けられる感触に、由果は竦み上がる。手では隠し切れない隙間から、青年は指を捻じ込んできた。仕方なく、片方の手を摑めば、すかさず二枚貝の片方に触手を伸ばされる。

（何でこの子に……ああ、遥姉さん。助けて……）

ふと、由果は青年越しに隣室を見た。静まり返った部屋からは、遥や詩織の気配すら感じとれない。

「両手を摑まないでよ。極上の桃尻を堪能できるというのに……」

嘆息した進の態度に、由果の身体に流れる血潮が沸騰した。

「あなたのモノみたいに言わないで！　これは仕方なく堪えているだけなんだから」

「ふふふ、今さら怒っても無駄だよ。いくら清楚に振る舞っていても、女欲の粘膜は正直だね。ヒクヒクと蠢いている」

チュッと肉フリルに接吻され、由果の巨大なヒップが鋭く跳ねた。路肩の排水溝に散歩中の犬がグイグイ鼻を押し込むように、青年は桃尻に顔を沈めてきた。

「はあんんっ、息を吹きかけないで！　そんな野蛮な真似をしないでぇ。うっ、あっ！　あああ……はっ、はっ、んんう！　熱いのぉ」

静々とやってきた男の相貌に尻頬が割り裂かれる。ペロリと一舐めされ、おぞましい感触に震える小陰唇が凌辱鬼の唇と絡み合う。

（こんな生々しいことをされるなんて……）

クンニリングスなど、由果には初めての経験だった。しかし、一番衝撃を受けたのは、はしたない性戯に女体が本能的に反応してしまうことだ。

「ふふ、そうそう。おとなしくしてくれれば、ボクも乱暴な真似はしない。さすが、由果義姉さん。意外と、経験数は多いみたいですね。アーモンドピンクの鶏冠《とさか》もすこぶる性感がいい。ただ、こいつだけは初々《ういうい》しいな」

「ひぎいっ！　やめ、あ、あおーう、おおおーっ！　いや、だめえっ、刺激が強すぎるの、ああんっ……はああっ、んんんっ！」

淫核を嬲られ、由果はヒップを振りたくる。舌先で舐めまわされて、ビリビリと紅い雷が肢体に落ちる。慣れない刺激に、二十三歳の女体が悲鳴をあげた。

（ああんんっ、いんん、いやあっ！　強いのぉ！）

とめどなく繰り込まれる怒濤の舌戯に、豊満な由果の裸体が悩ましくくねった。

「嫌がっているわりには、ぷっくり膨張してるよ。それに、温かいヌメリも……」

卑猥なことを言い連ね、由果の劣情は大いに煽られる。

「ありえないわ。あなたのような子供に……ひいいっ、んんんっ、濡れる女じゃないのよ。誤解しないでね……は、はんんっ！」

ピチャクチュと淫らな水音をたてられ、熟れた女体が桜色に染まりだす。青年の唾液と肉溝を行き交《か》う舌肉に共鳴し、穿孔から女泉が湧きだしていた。

（何なのよぉ……身体が勝手に反応して……ううっ、くやしいぃ！）

負けん気が人一倍強い由果の脳は、熱く燃え上がる。

「誤解かどうか、コイツで由果義姉さんの身体に訊いてみるよ。心配しないで」

「心配なんてするはずないわ！　何を不安がると思ってるの！」

淫戯に上擦る由果の声は、自然に震えていた。濡れた瞳で振り返る彼女が見たのは、裸体になった進の股間から聳え立つ異物だった。

「そう!?　由果義姉さんは強気なほうがやっぱりそそるな。そんな堕とし甲斐のある女体に敬意を表して、一発目はコンドームつけるよ」

刹那、美女は孕ませることがセックスの最大の目的と思い出す。

（どういうこと？　子作りが目的ではないの？）

これまでの傍若無人な振る舞いから脱線したエチケットに、由果は青年の真意を図りかねた。その肉杭は並たいていのものではなく、蒼黒く膨れた性欲の塊《かたまり》が伝わってくる。

進は末恐ろしいことを言った。

「身代わり娘は、気を遣《や》るまでに堕とさないといけないんだ。つまり、間違って一発中出しして、中途半端に失神させるとセックスできないわけ」

「そんなこと、私の知ったことじゃないわ。子供に屈するような女じゃないのよ、私は。遥姉さんには絶対、手を出させない。私がすべて吸い尽くしてあげるわ」

「そりゃ、光栄だ」

青年は由果の括れたウエストをむんずと摑んだ。

さらに、と凌辱鬼は付け加えた。

「裏を返せば、僕がイク前に気を遣った場合、性奴隷になるってことだから」

無言で由果は美貌を畳に埋めた。

（勝手にすればいいじゃない！　二十歳の子供に堕とされるはずないわ）

由果も女である以上、少なからず男性経験があった。純潔ならではの決まりきったセックスであるが、たいていは男のほうが音《ね》をあげていた。

（私を満足させられる男なんていないわ……）

ただ、凌辱鬼の逸物が由果の瞼の裏に焼きついていた。異形の灼熱棒はずんぐりむっくりしているだけでなく、幾人もの女性の媚肉を味わってきた経験値も匂わせた。

（この子、いったい何者なのかしら……）

「ううっ、ひぎっ、お、大きい……」

ゆっくりと青年は由果の肉扉をこじ開けていく。ヌルッと肉路を押し拡げられ、拡張される怒張の嵩は、今まで経験したことのないスケールだった。

「ほお、滑らかに由果義姉さんの膣内に入れた。ガバガバというわけでもなく、キツキツでもない。ほどよい筋肉質なオマ×コなんだな」

馬鹿にしているのか、感心しているのか、彼の感想の真意を由果は理解できない。

ズシリと重い感触が膣内に広がり、犯されている実感が胸を締めつけた。

「ほら、ああんっ！　くううぅ、あっ、あっ！　早くイキなさいよ……変なこと言っていないで……どうしたのよ」

挑発気味に由果は強がって見せた。ボリュームのある妖艶な女体がジワリと汗を噴きだし、勝手に火照っていく。

「ククク、焦らないでよ。由果義姉さんとのセックスは、通夜が終わるまで続くんだから。あと、十時間以上は繋《つな》がったままってことさ」

容赦ない進の意思に、由果の強靭な精神はことさら揺さぶられた。

「そんなに保《も》つかしらね。あ、ああんんっ、い、いきなりいっ、ひい、ああっ、ひぃ――んっ！　激しいぃ！」

ヌルヌルッと肉粘膜を蹂躙する進のペニスは、想像を超えた熱量で、女体の中心にやってくる。

（鉄アレイみたい……）

草食系と呼ばれる男子ばかりを相手にしてきたせいか、進の牡棒は同年代ですら、比較にならないほどだった。おまけに、力押しで一気にやってこない。

（この子、かなり手慣れている）

直感的に豊満な女体は男に対して、警戒信号を発した。

「すごいあったかいなぁ……由果のハラワタは。襞スジの噛みつきも申し分ない。マンネリ感はなさそうだ。嵌め心地に問題はないか……それなら」

上から目線の物言いに、由果が口を尖らせようとした瞬間、

「はあああんっ、ひいっ、す、すごいぃっ、何なのこれ、いや、あはんっ、おほおお

っ、抉り取られちゃうぅ……お願い、もっと優しくしてぇ！」

ついおねだりの言葉が飛び出してしまう。

（腰繰りが……凄すぎる）

大柄な裸体の芯奥にポッと熱い火がともされる。膣奥が熱く燃え上がり、みるみるうちに淫らな炎が全身を包み込んでいった。

青年は呆れたように熟れ尻を叩いた。

「さっきの威勢はどうしたんだ、由果！　そんなにフニャチンしか相手にしなかったの？　咥え慣れている淫乱義姉さん」

「好き勝手……ああんっ、言わないでぇ……由果は淫乱なんかじゃない……いいんっ、進のが……」

窒息感と圧迫感に由果は上肢をのけ反らす。釣り鐘状の豊満な乳房が、互いにソッポを向きながら、ゆらゆらと跳ね躍る。

（コンドームをしているとは思えないほど、熱い……）

凌辱者のペニスは肉路のどこを擦り上げても、みっちりと肉ヒダが膣圧高く張りついていた。カリ高な亀頭に引かれると、繊細な粘膜襞ごとごっそり削られていくようだった。それは、由果にとってこの上ない快楽を与えてくれた。

（何とか反応しないよう、心を鎮めなくては……）

グラマラスな裸体をひねり、由果は進のペニスを意識しないようゆっくり呼吸した。ところが、グラインドを始めた怒張を、膣溝が勝手に握りしめてしまう。カリ下に媚肉が巻きつくと、雄々しさは増幅し、海綿体はどんどん大きくなった。

「ずいぶん滑りがよくなっている。それなのに、美味しくて堪《たま》らないという喰いしばり具合だな。やはり、三姉妹の中で一番好きモノなのは由果だろう」

「いやああっ！　違う、違うわぁ……勝手なこと言わないでぇ……何の根拠があって、好きモノなんて、はぐううっ！　ほおおっ……」

もんどりうつように、由果は桃尻を振りたてた。ゆっくりとした抽送を繰り返すなかで、鋼鉄の肉棒が少しずつ子宮に近づくのを感じた。

（奥に来ないでぇ！　そこは急所なのよぉ！）

由果は目算を狂わせていた。どんな立派なペニスでも、子宮口さえ叩かれなければ手玉に取れるはずだった。由果の肉筒は長いと言われたことがあり、内奥に届く逸物は経験したことがないものだった。

（進のはポルチオまで届く長さだわ……）

一番屈辱的な後背位で進を誘惑したのは、由果なりに計算があった。子宮が自重で下がることなく、ペニスの先端を聖域まで寄せつけないためだ。

（それでも、先にイカせてしまえれば……）

「あ、ああんっ、ナカを搔き混ぜないでぇ！　変な動き方いやっ、ひいんんっ、摺り上げるのも駄目なのぉ！」

「駄目駄目って言われると、逆にリクエストされている気になるんだよな」

鼻声でよがりつつ、由果は彫りの深い顔を青年に向けた。いつの間にか両腕でドッグポーズになったきめ細かい柔肌の裸体が大きくうねる。ぶらりと白い肉峰が胸元で肉実をぶつけ合う様子に、進の視線は釘づけになったようだ。

（この子は、耐久性まで持ち合わせている……）

恍惚感に浸りながら、二十三歳の由果は二十歳の進の能力に舌を巻いた。

「今までの男とは一味違うだろ、由果？　ただ、何か隠しているような気がするんだよなぁ……ヒイヒイ牝鳴きしてくれるのはいいんだけど……」

腰骨が外れそうな愉悦に甘い嗚咽を漏らす美女の膣筋肉は、青年の呟きに反応した。膣襞が胴回りの太い肉幹に折り重なり、揉み潰さんばかりに搾りぬく。

進はニヤリと卑猥に嗤う。

「ククク、わかるんだよ。牡の本能かな。マン筋で捻り上げ、手玉にとっていたんだろうが、俺は違う。もっと、必死によがる由果を見たいんだ。どこに隠れているんだ、由果の弱点は……」

「ひぃんっ、そんなものないぃ！　はうっ！　おほ、これ、これすごぃ、いいんっ！　やあっ、激しくしないでって言ったのにぃ……はあんんっ！」

ピンポイントで性感帯を突かれ、女体は歓喜の悲鳴でむせび泣く。豊かな桃尻を摑まれ、男の指が熟尻に沈む。膣内の粒襞を練りこまれ、肉ヒダにググっと肉棒を圧《お》してきた。

(何て迫力なの!?　由果の身体に冷静な状態でピストンしてくるなんて)

三姉妹の中で抜群のプロポーションを誇る由果は、浅黒い肌と大柄な身体をコンプレックスと感じる反面、肉づきのバランスには絶対の自信があった。

(ううう……ここまでやられるなんて……でも、これで遥が救われて借金がチャラになるなら、仕方ないか……)

負けん気の反骨心は萎えかけている。

そんなときに、思わぬ事態が由果の裸体に降りそそぐ。

「しょうがない……ちょっと筆休みにオッパイでも揉ませてもらうか」

進は覆いかぶさるように由果の背中にのしかかる。

「ええ!?　ちょっと、無茶な真似を……はああんっ、やめてぇ！」

四つん這いのドッグポーズを由果は保持しようとした。

（胸も弱いのぉ……ああんっ、少しの動きがアソコに響くう）

背後から青年は、たわわな胸の実りをむしり取るよう荒々しく鷲掴んだ。むにゅりとまろやかな美乳が卑猥に歪み、先端を鋭く指で弾かれる。

「あはあんっ……いやあっ！　ひぐうっ、ううううんんっ！」

眉間に皺を寄せて、由果は甘い快楽に耐えようとした。しかし、豊胸からの切ない疼きに奥歯を噛みしめている間、ゴリゴリッと怒張が膀胱側の膣筋肉を掻きむしった。

（いやあっ、Gスポットをゴンゴンと……）

元々、由果は耐性に自信がなかった。だからこそ、セックスもリードするような相手しか選んでこなかった。しかし、背後からやってくる進は、容赦なく熟成中の女体にへばりつく。

「ムチムチして揉みごたえのあるオッパイだ。これに、ムッチリした桃尻がセットじゃ、由果はモテるんだろうなぁ……」

「はぐううっ！　んんんっ……」

何か嫌な予感が由果の脳裏をかすめた。次の瞬間、ドスンと二人は畳の上に崩れ落ちる。無残に自慢のバストがひしゃげられ、尻肉が圧し歪んだ。

カツンと快楽の鍵がこじ開けられ、堕とされる音が響く。

「あが、あ、あ、ああっ、あ、あおーう、おおおーっんんんっ！　いやああっ、あんんっ、そこダメ、そこだけは絶対にダメええっ、今すぐ離れて！　お、お願いぃ、あ、あああぁあんんっ！」

発狂したような大声を出して、由果は総身を暴れさせた。図々しい怒棒が膣壷の肉ヒダを切り裂き、子宮頸部を捻り込んでいた。

（ああんっ、そこを突かれるのいやあっ！）

進は呆けたような、嬉々とした声をあげる。

「膣底部のドン突きが、由果の弱点かぁ。そう、じゃあ何万回でも脳味噌が吹っ飛ぶまで突き刺してあげる」

「いやいやいやああっ……先にイキたくないのぉ！」

もはや、由果は遥のことも、借金のことも置き捨てて、一人の女として泣きわめく。

本能の悦楽に進より先に屈するなど、誇り高いプライドが許すはずもない。

だが、男はスラリと長い由果の脚を担ぎ、交差位で激しく穿《うが》ちはじめる。

「まるで、スッポンのように吸いついてくる。もし、コンドームをしてなかったら、僕が先にイカされていただろうな……淫乱義姉さんよ！」

刺々《とげとげ》しい罵《ののし》りに合わせ、進は獰猛に腰を突きだしてきた。

由果は、摑むものもない状態のなか、畳に爪を突き立てて、啜《すす》り泣きながら密合部を見下ろす。肉と肉がはしたない音でぶつかり、愛液の飛沫の煌めきが眼に入る。

（いやああっ、進より先にアクメにイクなんてぇ……）

虚しい願いは膣襞の痙攣により打ち砕かれる。

「ふふふ、由果のマン筋も引き攣りだした。子宮も弛緩して抉りやすくなってきたし、一回イッてもらおうか。そうすれば、倉持由果は身代わり娘から、性奴隷になる」

性奴隷と聞いて、由果の美貌から血の気が引く。だが、すぐに鋭いストロークで胎内を乱打され、底なしの肉悦が眼前で火花を散らし、理性を溶かす。

「あううう、イキたくない、あぁぁっ、ひいぃ……オチ×チンが、熱いぃ！　ああ、もうダメぇ、イグウッ！」

鋭い膣痙攣に合わせて、二人の腰が脈動する。

（ああ、まるで注がれているみたい……）

ペニスは膨張すると、白い精液を鉄砲水のごとく放つのがわかった。由果のポルチオは、直接中出しされたような熱いほとばしりに二度目の痙攣を起こす。

「あごおおっ、ま、また、イッチャウウ、あああ、二回もイッチャウ！」

「ククク、いい牝鳴きだ。一度の射精じゃ収まりがつくはずもないしな。これから、とことん付き合ってもらうぜ」

「いやよおお、もおお、充分じゃないぃ……」

悪魔のような男の笑顔を睨みつけながら、堕欲に沈んだ由果は、全身を弓なりに反らせて小刻みに震える。ドッと淫汗が全身から噴き出し、豊満な裸体をまばゆく彩らせ、意識は暗黒の淫欲に転がり堕ちていった。

4

やがて底知れぬ掻痒《そうよう》感に、由果は眼を覚ます。

「んんんっ……これは何の音かしら？」

寝惚けた意識のまま、正常位で見下ろせば、己《おの》が乳房を進にペロペロと舐めしゃぶられていた。刹那、一気に由果の意識は覚醒し、グンッと性感が跳ね上がる。

進はあどけない顔で豊満な双房にむしゃぶりついていた。

「ああ、やっと起きた。三十分も寝るなよぉ。気遣りの間に犯しても、全然面白くないからさぁ、オッパイからミルクが出ないか、吸ってたんだ」

「そんなこと誰も聞いてない！　早くやめてえっ、ああんんっ！」

ゆらりとまろやかな円を描く美乳は、完全に男の手中にあった。

（勝手に由果のバストを吸うなんて、信じられない……）

長い時間、熟れた脂肪の敷き詰められた乳球を弄われ、不覚にも由果の性悦は昂《たかぶ》っていた。進は美女の巨乳をむやみやたらに揉みしだいたりはせず、巧みに掬《すく》い上げて、丁寧に乳頭から刺激を送り込んできた。

「ハハハ、ツンと尖《とが》り勃《た》ってるよ、由果義姉さんの乳首。さて、お遊びはこれくらいにして、子作りを本格的に始めようか？」

「何を言ってるのよ!?　さっき、しっかり犯したじゃない？　抜き差しだけなら、あれくらいで充分よ。私は好きな人しかナマで入れさせないの！」

うっかり、高揚感につられて、由果の口から勝手に情報が漏れ出る。

「へえ──、なるほどねぇ。ということは、由果さん、ひょっとして、ヴァギナも処女なのかな。普通、コンドームをつける交接はセックスと呼ばないんだよね」

動揺する由果の生乳から滑り落ちた手は、双曲線を描くウエストラインを撫でさする。

「どっちでもいいじゃない！　もういやあっ……あううっ、あ、熱いぃ。はあんんっ、ピクピクしてるうっ……お願いだから、ナマで入れないでぇ……」

ムッチリした桃尻から伸びる生脚を割り開かれ、由果の抵抗心は薄れていた。華奢な外見と異なり、進は二十歳相応の屈強な筋肉をしていた。

(足腰に力が入らない……)

嫌悪感がなぜか弱まり、不気味な期待感の膨張に二十三歳の身体は恐れ慄く。

「ククク、こんなに下のクチは欲しがっているのにねぇ……」

滾り膨れる赤黒い切っ先で淫花を捲られると、由果の裏肉から愛液が零れ落ちる。

「気のせいよ……生理的な反応だわ……ひいっ、んんっ！」

進は己が牡棒の先端を肉粘膜に当てると、撫でるようにラビアを嬲りだす。丸肉が充血した花弁にヌルッと滑り、燃えるような感触が女体に襲いかかる。

(何て冷静なの！　普通ならとっくに力押しで……)

しゃかりきに肉棒を突っこもうとする輩とは、進は何もかも違っていた。うっとりした様子で、繊細な秘粘膜を優しく圧しまわす。

「ふふふ、トロトロと何かが出てきているな……何だろう、これは？」

すっとぼけた様子で、爛熟した秘裂から溢れる牝汁で亀頭を濡らしていく。

「知らないわ……ふうっ、んんんっ！　変なモノを擦りつけないでぇ」

戦意をくじこうとする由果の眼前が次第に紅く染まっていった。

（奥にナマで押し込まれたらどうなってしまうんだろう……）

孕む恐怖に怯える由果は、逞しい肉体の大学生と淫戯を共にしたこともあった。だが、肝心の男の猛りはゴムを装着させている状態で、拍子抜けするほど早く牡欲を吐き出してしまうのだった。

「由果のアソコは、モノ欲しそうに肉ビラが絡んでくるけどなぁ。素直になったほうがいいよ。排卵期とか関係ないんじゃないの？　孕みたくない理由ってさ」

「言っている意味がわからない……ああっ、んんっ、ふああっ！」

大柄な裸体がクネクネと豊かなヒップを揺らす。小刻みな動きでも、真っ赤に充血する粘膜襞は尖り肉に嚙りつかれ、由果の肢体に汗が浮かぶ。

進はスラリと伸びる長い脚をさすった。

「ファッションモデルとしてスカウトされているんでしょ？　細かい話は知らないけど、デビューした時点で孕んだヤリマンの女なんて洒落にならないからね」

何気ない言葉に、由果の心は凍りつく。

（誰にも話していない秘密を知っている……）

「ひぃいっ、太いぃ！　いや、ああんっ、もううっ！　硬いのぉ！」

悶々とする由果の瞳は次第に淫靡な光を発しはじめる。

(少しずつ疼きが強くなって……我慢できない)

野太い亀頭が膣陰に出たり入ったりしていた。灼熱の張りつめは弛みがいっさいなく、由果の桃尻がプルプルと波を打つ。

男は豊満な女体を擦りながら、ラビアのぬかるんだ肉の窪地に亀頭を圧しつづける。

「厄介なトラブルに巻き込まれたくない？　だったら、兄さんから金なんて借りるなよ。僕は白肌だけが女じゃないと思ってるからさ。安心してよ」

「ううんっ、進。支離滅裂なこと言わないで。あんんっ、どっちにしろ中出しされたら、妊娠の確率が跳ね上がってしまうの」

グチュグチュと由果のヴァギナと進のペニスが淫らな水音をたてはじめた。哀訴の眼差しで相手を見上げる。堕欲に一度は沈みながら、由果は何とか這い上がるつもりでいた。

性奴隷と将来の夢の間を彷徨《さまよ》う女体に、進は想像もしないことを言いだした。

「つまりさ。孕むのは僕が射精するからでしょ？　だったら、話は簡単だよ。性欲に耐えてペニスを締めつけなければいいのさ。緩々のマン筋なら、嵌め心地はよくないし、外出しするかもしれないから」

「えええっ！　そんなこと……できるのかしら、ああんんっ、ひいんっ、進が気持ちよくならなければ、外出し、してくれるのね？」

淫欲に火照りながら、妖しい目で由果は相手を見た。

進はあどけなさを幾分取り戻した表情で、微笑んだ。

「先に由果義姉さんがイカなければ、中に出さないよ」

確約を提示された美女は、釣られるかたちで頷いてしまう。

（もう、あとには引けないのね……）

ギュッと瞼を閉じて、由果は顔を背ける。何とか全身の力を抜こうと大きく深呼吸した矢先、いきり立った肉棒が容赦なく女体を貫いた。

「ああんっ！　大きすぎるぅ……あっ、いいんっ、ひいっ、やあっ！」

ゴムなしでペニスを挿入される衝撃に、由果の裸体は一気にアーチを描く。バスト九十五の双球がゆらりと上腕側に流れ寄った。

（鋼鉄の棒に串刺しにされているみたい……）

熟れた膣肉と愛液の影響で痛みはない。

ところが、鍛え抜かれた膣筋肉がギリギリと肉棒を搾り取ってしまう。

「んくう、おおおうっ！　由果、力を抜かないと、逆に三擦り半になっちまう」

「いや、いやああっ！　それだけはいやあっ！　ああんっ、あんっ、ひいい、何とかしてちょうだいぃ……はおおっ」

生々しい肉棒に、豊満な裸体が淫らに跳ね揺れる。ブンブンと相貌を振り立てる由果の肢体には、甘い牝香が上乗せされていく。

ゴクリと進が生唾を呑み込む音を、由果はしっかりと確認した。

(この子が遠慮などするはずがないわ)

ゆっくりグラインドする青年の肉幹がメキメキと肥え太る。ヌルヌルッと快楽粘膜を舐め探るペニスが擦れると、甘美な悲鳴がこだまする。

「苦しい、ああんっ、進のがどんどん太くなってるぅ……ああんっ！　そこダメェ、いやあんっ、擦らないでぇ……熱い！」

揺るぎない強張りに、由果の熟肉はジリジリと蹂躙《じゅうりん》されていた。

(何とか力を抜いて、あえぎ声を漏らさないように……)

そんなことは無理だと言わんばかりにクイクイッと怒張は由果のGスポットを抉り捏ねる。はっきりと性器の形状がわかるほど、媚肉は強く亀頭に吸いついていた。

進はまだ、花蕊にドン突きもしておらず、膣奥にも迫ってこない。緩々と膣洞の真ん中辺りまで肉棒を埋めこみ、余裕をもって引かれていく。

「ひょっとして、オナ禁中だったな、由果義姉さん。性感が強すぎるうえに、抵抗しなかったから気になってはいたんだ。一方的に凌辱してもなぁ」

よがり狂う由果の様子に、進はため息交じりで言った。

屈辱的な言葉に、由果はキリッと相手を睨みつける。そこには、蝶の羽のごとく両脚を空中にヒラヒラと浮かせる女の本能があった。

(嫌なのに身体が勝手に……ああんっ、もおっ！)

悔し涙を頬がつたい、由果は腰をよじる。Gスポットの襞粒から逃れた反面、交差位になり、身体の深奥に肉棒が沈みこんだ。

「あんんっ、深いのぉ……はぁ、はあぁ、ズッシリとくるう……」

二十三歳の若々しい裸体は、新鮮な刺激を悦んで受け入れていた。

(ナマで挿入されるのが、こんなにすごいなんて……)

クネクネと炎に炙られる蛇のごとく、由果は次第に肉串の虜となっていた。悲鳴に甘い喘ぎが澄み渡ると、進は美女の片脚を抱え上げた。

「ふん、ようやく牝犬に堕ちはじめたか……だが、俺は性奴隷に快楽を与えるセックスはするつもりがないんだ。孕みに怯えながら、本能に逆らえない堕ちた面《つら》を見たいんだよ」

「ああんっ、そんな！　話が違うぅ……いやんっ、中には出さないでぇ！」

悲哀に嘆く由果の言葉など、進は聞くはずもなかった。

「さっきから言ってるだろ！　イカなければいいいんだ。淫乱女には何度言っても無駄だろうけどな」

抗弁しようと口を開けた由果は何も言えない。嗚咽漏らしながら、必死に生尻の暴走を食い止めていた。

(すごいぃ、進のピストンが別人のように……)

しなやかに腰を打ち込む繰りこみには、力強さがあり、一方的ではない抽送に、由果の膣筋肉は怒棒を捕捉できないでいた。

(どうして、今までのように捕まえられないの!?)

ジンジンと熱い掻痒感渦巻く由果の膣筒は、極太ペニスが容易に行き来できないほど狭隘《きょうあい》なものになっている。進の怒張は、キリリと締まる肉ヒダを拡張すると、あっという間に引き抜かれる。

「ああんっ、ひいいんんっ、あっ、いやっ、そんなあっ、はあっ……あ、ああん！」

大振りな柔肉を波打たせ、由果は極上の快楽に振りまわされていく。

「いいよがり方だ。淫乱義姉さんの本性が出てきたな。ククク、いくら締まりを強くしても、俺の動きを止められないよ。それがセックスってやつだからな」

「あんたみたいな子供がセックスを語るなぁ！」

前後にユサユサと柔肉を揺さぶりながら、由果は蕩けた声で吠える。

（ああんっ、こんな一方的に好き勝手に弄ばれるなんて……）

完全に誤算だった。コンプレックスはあるものの、粘り気のある牡の視線を嫌というほど浴びてきたプロポーションに絶大な自信を持っていた。

（本来なら、由果の尻に敷かれるのは進のはずだったのにぃ……）

緩急自在の繰り込みに、芸術品のような曲線を描く女体が、不規則に悶々と蠢いてしまう。粘り気のある生肉の摩擦が起こるたび、由果の子宮は切なく収縮を繰り返す。

「ふああっ、ああんっ、腰が動いちゃうぅ、止まらない！　ひいっ、あんっ！」

ついに、由果は進の律動に合わせて蜂尻を往復させてしまう。

「ククク、淫乱義姉さんが腰振りダンスを始めた……でも、俺は満足できないなあ」

不満げに鼻を鳴らすと、凌辱鬼はゆるりとピストン運動をスローダウンさせていく。

子宮が疼いて仕方ない由果は、一気に内奥へ突き刺されず、うろたえる。

「え、はあんっ、どうして……ひいんっ、なぜ……」

戸惑う女にかまわず、進は長い脚を下ろす。

バックスタイルを求められ、由果は言われるがまま桃尻を捧げた。振り返った瞳には、青年の妖しい視線がもう一つの穴に注がれていると感じた。

「何をするつもりよ、進!? もう、変なことはやめて！」

進は傍に置いてあった容器を手に取った。淡い光を放つプラスチック製の蓋が外されると、軟膏のような粘り気の強いゲルを指に掬い取った。

「一ノ瀬家に代々伝わる秘伝の薬で、性奴隷御用達のものさ」

冷静な言葉に恐れをなす桃尻を鷲掴みにされ、由果は不浄の穴に異物感を覚えた。

「いや、いやあああっ！ そんなの聞いてないわあああっ！」

断末魔の悲鳴にも、進の指は動きを止めることはなかった。

5

清楚で純潔を誇りにしてきた由果にとって、アナルを弄《いじ》られるなど、何があっても許せないことだった。

「変な真似をするなよ！ 淫乱義姉さんの粘膜が傷物になるだけだぜ」

殺し文句を言われ、ピタリと桃尻の動きが止まる。相変わらず由果のヴァギナには、逞しい肉棒が挿入されており、互いの呼吸やわずかな動きでも、ヒリヒリと快楽を送り込んでくる。

（ううっ、後ろの穴に指の感触がまざまざと……）

眩暈《めまい》と嘔吐感すら覚えた。細かい皺の線の走る菊園を、丁寧に指腹が撫でていく。

「いやに潔癖症というか、怖がりだな。こんな大きな尻が震えていやがる。本来なら、性奴隷に堕とされる女は諦めがいいんだが、仕方ない」

凌辱鬼は好き勝手なことを言って、ズブリッとヴァギナからペニスを抜いてしまう。

「ええんんっ、んんあっ……は、はあっ、はあああっ……ううんんっ、いやあああっ！」

水飴に濡れるぬかるんだ肉の窪地へ二本の指を突っ込まれ、由果は桃尻を振り立てた。幾分物足りない指は鉤型となり、粒襞をヌルッと練りあげた。

「くううっ、あ、ああっ！　指であっちこっちを叩かないでぇ！」

由果は軽快なタッチを繰り返す猥褻な指に翻弄される。否が応でもイソギンチャクのように媚肉が指を締めつける。

「ふふふ、そうなるのを待っていたんだ。ホラホラ！」

「あぐっ、ひぎいいっ！　そっちの穴はダメえぇっ！」

ビクンと迫り出す熟尻が悲鳴をあげた。菊皺の裏肉に逆の手の指が侵入し、由果は泣き叫びながら、青年の腕を摑む。それでも、チロチロと指の動きは止まる気配はない。

「安心しなよ。痛みがなくなるまで、時間はかからないさ」

進は卑猥に嗤い、後ろの恥穴をほぐし撫でる。恥辱よりも苦痛に美貌を歪める由果は、すぐに不思議な感覚に陥っていく。

（あ、あれ……痛みが和らいでいく、何で、どうして……）

快楽の大波が姿かたちも消えて、肛門をこの上ない疼痒さが襲いだす。

進はじっと美女の性感の変化を眺めたあと、酷薄な笑い声をあげた。

「ククク、淫乱女のアナルは秘伝の軟膏を塗ると、痛覚が麻痺すると言い伝えられていたけど、本当に、由果義姉さんは淫乱だったんだね」

納得いったように何度も連呼され、美女の身体に恥辱の炎が突き刺さる。

「進！　あなた何をしたのよ！　こんなことありえないわ、あってたまるものですか、由果は淫乱女なんかじゃ……か、かはあっ！　だから、指を入れないでぇ！」

括約筋が、男の指をキュッと絞ろうとした。ところが、肉沼と化したラビアをネッチョリと掻きくつろげられて、由果の臀部に恍惚感がほとばしる。

(やだあっ、また、膣液が漏れ出て……ああ、後ろの穴まで……)

「ククク、アナルはパクパクしてるよ。嬉しそうに秘伝の軟膏を舐めしゃぶっている。タップリ塗ってあげるよ。催淫作用があるだけで、時間と共に揮発するさ」

青年はこれでもかと軟膏を、美女のアナルに押し込んでいく。

由果はユサユサともどかし気に腰を揺する。バーナーで焦がされたような、灼熱の感触と途方もない掻痒の嵐が吹き荒れだしていた。

「はんぐっ、何よぉ、痒くて熱いぃ……燃えちゃううう、ほおおっ」

痛覚が遮断される一方、淫炎がともされたアナルはヴァギナも同然の穴となっていく。下半身に卑猥な性感の昂りを覚えた由果は、ジンジンと疼きが大きくなる衝撃に言葉を失い、ただ奥歯をガチガチと噛みしめるほかなかった。

「へえ、そうとうな効果があるみたいだなぁ。じゃあ、アナルセックスをする間、膣襞にこいつをタップリ喰らってもらうか」

「何ですって!? やめてえ、あううっ、そんな!? ああ、たくさん入ってくるぅ!」

ベタベタとしたラードの塊をヴァギナの奥に放り込まれ、由果は切れ長の瞳をしばたたく。もはや、アナルセックスの凌辱を受けることすら、忘れてしまうようなパニックに陥る。

「慌てなさんなって。一過性のモノだって言っただろ？　夜明けまでには元のマ×コとアナルに戻っているよ。もっとも、性感帯までは保証できないけどね。なにせ、おれのブツで、メチャクチャにしちゃうからさ」

進はウキウキした声色《こわいろ》で、桃尻に両手を置いた。菊門に肉の大砲をぴたりと据えられて、由果は肉厚なヒップを揺するしかなかった。

（ううう っ、いやっ、なのにいっ！　何で身体が動かないのぉ……）

ファッションモデルになる魅惑のプロポーションは、こんなアブノーマルセックスで男の劣情を煽るためのものではなかった。

「は、はっ、うぐうっ、そんな大きなモノが入るはずないわ。進、後ろの穴に突き刺すためのモノじゃないことくらい、わかるでしょう？　ぐすっ、いやあっ！」

ポロポロと大粒の涙が凛々《りり》しい美貌を濡らす。

早春の夜の空気は、ひんやりと二人の裸体を包み込んでいく。獣のまさぐりをかわす牡と牝の周囲だけは、ネットリとへばりつく熱気に覆われていた。

「嫌がるわりには、抵抗しないね。手コキでもフェラでも、パイズリでも必死に精子を搾り取ろうとしないところを見ると、串刺しを望んでいるとしか思えないな」

真っ赤に腫れ膨らむ鈴口は、弛緩した菊穴から蟻の門渡りを圧する。ラビアからとめどなく零れ落ちる愛液を絡め、アナルに擦り注ぐ。

「ああんっ、んああっ……挿入しちゃいやあ！　覚悟しておきなさい。ふぐうっ、変なものを塗りたくって、たぶらかされる女じゃないわ！」

灼け爛《ただ》れる粘膜の掻痒感が最高潮に達し、由果は半ばやけになりかける。

「威勢がいいな。もっと露骨に嫌がってくれよ。ゾクゾクしちゃうからさ」

迫り出す生尻の球面を、うっとりした表情で、進は撫でまわす。それから、ゆっくりと腰を沈めはじめる。

「はああっ……大きい！　んんぐううっ、んああっ、壊れちゃうぅ！　やめて。うぐううっ……気が狂いそうになるうっ！」

怒張の先端が菊皺を捲り上げ、グググッと押し拡げようとする。あまりにも由果の処女アナルは狭隘で、極太の鈴口は入りきらない。

「くうっ！　すげえ圧迫感。でも、窮屈な穴は嵌め甲斐があるな。ううっ、ごり押しでいくぜ。ぐおおおっ！」

ミリミリと軋みをあげる由果の生尻は、熱痒さを癒す肉棒を受入ざるをえなくなる。深呼吸を繰り返しては、由果の下肢から力を抜こうとした。

「いいな。この蹂躙している瞬間がたまらない。キツキツだから、俺のも削れそうだぜ。ふふふ、由果のアナルは少しずつ呑み込んでいる」

意識を飛ばされそうな衝撃に、由果は何とか耐え忍ぶ。

(ううっ、内臓がすべて抉り出されそう……)

途方もない圧力で、進は容赦なく由果の腸壁に食らいついてきた。秘伝の軟膏の影響で、痛覚だけはボンヤリと鈍らされ、掻痒感を打ち消される雄々しさだけが伝わってきた。

「はあっ……ひぐうっ！　覚えてなさいよ！　あっ、あぐうっ！」

菊門に嵌まりこむ怒張の威力に、たわわな桃肉が左右から肉竿を叩く。ズブリと刺し込まれた勢いに、由果はグイイッと上半身をのけ反らす。

ふくよかな胸の肉峰の片鱗を圧し潰して、青年が耳元で囁いた。

「威勢のよさもここまでだな。由果の処女アナルは俺がもらった。これから、オマエは、性奴隷としての悦びを俺に請う羽目《はめ》になる」

「ありえないわ……は、はあんんっ、気が済んだら抜いてぇ！」

新鮮な熱量をアナルに覚えだす。興奮ともつかぬ奇妙な期待感を悟られまいと、由果は苦悶に歪んだ表情で哀訴を繰り返した。

（どうしたの、私。狂ってしまったのかしら……後ろの穴を犯されているのに、気持ち悪さがなくなって……擦られて……気持ちよくなっている）

怒濤の圧迫感とは別に、チリチリと由果の脳裏に肉悦の火花が散りはじめた。

「ひぎっ、動かないで！　あ、ああんっ……何なのよお！」

自然と由果は両腕を立てる。ドッグポーズとなった牝犬の肛襞に鋼鉄の棒が偏りなく出入りする。

「ククク、どうした？　悲鳴をあげろよ。気持ちよくて、罵倒する気が失せたかな。ふふふ、わかるんだぜ。由果、尻で感じはじめているんだろ？　淫乱義姉さんには、効果てきめんだな」

ヌルヌルッと塗り込んだ軟膏を滑らせ、進は腰を突き出す。ペニスの軸線は腸筒の中心線と重なり、均等に肉襞を圧した。

「くうっ、あ、ああああっ……違うっ、あ、ああんっ！」

否定したい二十三歳の美女を嘲笑《あざわら》うかのように、クイクイッとペニスを繰りこまれ、由果は豊乳に抑え込んでいた淫らな欲望を吐き出してしまう。

「この軟膏は痺れ薬と違って、神経を活性化させるのさ。つまり、擦り込めば擦り込むほど、ペニスが欲しくなる」

洗脳するような物言いに、由果は必死でかぶりを振った。

「違うわ、そんなことない……ひいいん、んあっ、ああ、んんっ！」

知性的な凛々しい由果の美貌が、だらしなく蕩け、口端から涎が伝い、甘い汗と混じり合って豊満な乳房を濡らす。不規則な律動も相重なり、女体に埋め込まれる肉塊の大きさが、二倍にも三倍にもなって脳内を侵食する。

「んんくっ、おお……俺のブツも感度があがるけど、由果ほどではない。これは削り荒らしたぶん、快楽を求めてしまう底なし沼の妙薬なのさ」

進は双房を両手で揃いながら、腰繰りの角度を微妙に変えた。ヴァギナとの境界線をググっと圧せられ、まもなくピリリとした鋭い肉癒が媚肉に駆け抜ける。

快楽と癒熱がふっと消え去ると、猛烈な掻痒感に由果の襞は引き攣りだす。

「ああんんっ、アソコが痒いいっ、疼いて仕方ないのぉ、はおおっ！」

由果の理性を掻きむしる快楽への欲求は、大柄な女体を爆発させた。

（うぐっ、もう少し耐えたいけど、耐えれば耐えるほどジンジンしちゃう）

気がつけば、由果は迫り出すヒップを進の股間に叩きつけていた。

「ふん、淫乱女が。ついに本性を現しやがった。尻で感じるだけでは飽き足らず、腰振りダンスまで始めるとは。お前が望むのは何だ？　これか？」

「ひいいっ、すごいぃっ！　あおーう、おおおーっ……そ、そうですう！」

ついに由果は被虐の悦楽を認めた。

（カリで削られるの、みっちりと硬いペニス、巧みなピストン、すべてすごいぃ）

突きたてられた怒棒の量感に、由果の女悦は昂りを増していた。

「もっと突いてぇ！　あ、ああんんっ……いやあっ、焦らさないでぇ」

痺れ跳ねる爆乳をむんずと摑まれても、由果のぽってりした唇からは妖艶な喘ぎ声しか出ない。刷毛《はけ》塗りの汗がにじむ桃尻をくねらせれば、進の股間が柔肉を歪ませて、肉棒が埋めこまれる。

「ククク、ついに堕ちたか……由果。アナルセックスなら、孕む心配もない。おまけに中出しされれば、極上の快楽に浸ることもできる。拒んでも無駄だ。お前のアナルは射精されなければ疼きは収まらない」

「ええっ、そんなこと……はああんっ、いい、いいのぉ！　深刺しいい。もっと抉っていいのぉ、激しくしてぇ！」

切なさがどっと由果の胸に到来する。恋人でもない男を愛しいと思い、子を宿さない内奥へ抜き差しされるセックスの快楽にどっぷり浸かっていく。

（ああ、だめっ……何も考えられなくなってしまう）

牝犬と化した由果の頭は、進の聳え立つ肉茎でいっぱいにされる。とうの昔に遥のことも葬式のことも、ましてや己《おのれ》の将来のことも打ち捨てていた。

「ひぐうっ……あ、ああんんっ、いい、はああんっ……あっ、いやあっ、意地悪しないでぇ……あんあんっ、太いの好きぃ、硬くて長いぃ！」

進の罵りも二十三歳の美女の耳には入らない。ひたすら、アナルで肉棒を咥え込み、鍛えぬいた筋肉を総動員して、かぶりつくよう揉み潰す。

ズチュ、グチュウッ、グチュ、グチュグチュ……。

もう、進も何も言わなくなっていた。すべては肉棒で語っていた。

「ああ、あっ、あはうっ！　んも、もうっ、あぁん……も、もう、イキそう。はああ、ああ、ああんんっ！」

蛇腹肉を穿つ剛直は、膣と比較すれば単調なリズムだった。力強く逞しいストロークでめり込まれ、グググッとカリ高な怒張で肉襞を圧し裂いていく。

少しずつヒクヒクと腸壁が痙攣をはじめる。それが膣粘膜の引き攣りと美女はわかっていた。遠くてほのかな刺激は、確実にヴァギナを痺れさせていた。

恍惚感に由果の美貌が蕩けるまで、進は何百回と抽送を続ける。怒張の一時的な膨張があっても、進は射精してこない。その凄まじい忍耐力と執念に由果は屈していた。

（ああ、も、もう……だめえっ！）

「あっ、あっ、はぁんっ……ああ、あああっ、お尻のアナルでイグッ、イグウウッ！　いい、いい、い、い、い……ひぃぃ――んんっ！」

小さな引き攣りがどこもかしこも女体に起こり、キリリと括約筋が男根を締め上げ、膣筋肉が背筋側の肉棒を搾り捻る。カリ首から引っこ抜くように握りしめた亀頭の先端からビュビュッと勢いよく射精が始まる。爆竹花火のような回転乱舞に、由果の裸体は総身を慄かせた。

（熱いのがアナルの向こうに……出されちゃった……あ、あううっ、疼きが消えていくぅ、はあ、あうう、これで終わりなのかしらぁ……）

グッタリとしかけた女体の乳首がキュッとつねられる。

「気を遣るなよ。まだ、もう一個の穴に注ぎ込んでいないからな」

低い進の声は、由果のエクスタシーを一気に吹き飛ばした。ピクピクと脈動する桃尻から怒棒を抜き去った進は、ゆっくりともう一つの穴にあてがった。

美女の意識が子宮に向けられると、キュンキュンと搔痒感が胎内を焦がしだした。

6

ポタポタと進の裸体から汗が滴り落ち、由果の桃色に染まる裸体をぬめらせた。抜き差しの繰り返しに豊満な女体も疲れきっていた。ただし、由果の子宮は秘伝の軟膏による掻痒感の増長がすさまじく、汗に負けない勢いで愛液を搾りだしていた。

「ほらあ、性奴隷がマグロ状態でのびるなんて、許されないよ！　だらしないなあ。こんな大きなバストとヒップが泣いちゃうぞ！」

進は由果の身体を仰向けにして、たわわな双房の先端を弄りだす。もう片方の乳房に顔を埋めて、桜蕾に吸いついた。みるみるうちに乳頭がしこり、羞恥心に美女は相貌を背けた。

（なぜ今さら、乳首を……ああんんっ、いやんんっ！）

甘ったるい吐息が漏れかけ、由果は手の甲を口元へ運ぶ。膣陰の刺激とは違う快楽に牝鳴きが掻き起こされる。

「ふああっ、えっ、はあ、はうむ……んっ、んんむちゅう！　進、どうして、はう、うむうっ、んぅ……じゅうぅ、ん、んっ！　ええっ、はうむ！」

手を払いのけられた由果の唇が奪われる。鼻梁が擦れ合い、熱い吐息を吸い合った。するりと舌を差し込まれ、ディープキスの経験がない美女は瞳を白黒させた。

何かドロリとしたモノが由果の喉元を通り過ぎていく。

(何、今のは!?　何か粘り気のあるものが流し込まれたような……)

由果はメロンバストを弄る進の指にも違和感を覚えた。

張りと艶に富んだふくよかな釣り鐘状の美乳を、いくら揉んでもいっこうに飽きがこないというように進は指を戯れさせた。

その指はベトベトしており、なめらかな乳肌をムニュムニュと歪ませるたびに、擦り込まれていく感触があった。ふっくらとした脂肉に満ちた先端をコロコロと嬲り転がされて、いつもと違う疼きはトクンと母性の扉を叩いた。

「ふふふふ、ちゅぱっ……これでよし……」

「んんあっ、はあっ、はあああっ……いったい何をしたのぉ？　進、もう変なことをしないでって……あんなに……ひ、ひいいっ、身体があ、熱いぃ！」

ぷるぷると目の前に迫り上がった乳房は、不規則に揺れる。膣芯を焦がされる淫熱と呼応して、由果の身体は不可思議な高揚感に包まれていく。

「あの軟膏は天然由来でね。つまり、食べても飲んでも無毒なのさ。今、由果の胎内に流し込み、乳房に刷り込んだ。これで、性欲の塊も同然の奴隷が出来上がるのさ」

ひどくあっさりした言い方に、由果は呆然とした。

「はあんんっ、アソコもジンジンして、乳首も痒いぃ！　身体中が疼くうう、進！

何でこんな真似をするのぉ……はおお、おお、あおーう、おおおーっ！」

グラマラスな裸体から、いっせいに脂汗が噴き出す。由果の呼吸は乱れ、瞼の裏が一気に紅く染まる。ゆらりと艶めかしく美乳が弾けた。

（これじゃあ、本当に淫乱女になったみたい……）

どこもかしこも性感帯になっていた。

進が面白半分に生乳へ指を滑り込ませると、一気に由果の理性は飛ばされ昇天する。さらにコリコリの肉蕾を両指で鋭く摘まみ潰されて、二十三歳の美女は次の淫らな大波に呑み込まれる。

「こうしないと、アソコに中出しできないだろ？　遥と詩織が起きてくるまで、まだ時間がある。その間に、性人形になってもらおうと思ってね。ククク、孕むくらい注ぎ込めば、治ると思うよ」

「あはんんっ、いやあっ！　もし、中出しさせなかったら、どうなるのぉ？」

「全身性欲の塊のまま、葬儀に出ることになる。そうなったら、みんなの前でセックスしてもらうことになるな。まあ、遥に代役をさせたくなければ、今のうちに搾り取っておくことだ」

正常位のまま、ゆっくりと進は腰を埋めていく。恥辱の牝鳴きをする顔を見られたくない由果は、瞼をギュッと閉じる。さらに両手で相貌を覆った。

クチュリ、ズブ、ズブブブ……。

「ひいいっ、大きいの入ってくるぅ……あはんんっ、ひぃんんっ、あっ、あんっ！」

萎える気配のない怒棒は、すんなりと花弁を割り裂き、蕩ける媚肉に滑りこんできた。それだけでも極上の肉悦に由果は身をのけ反らせる。

「由果。それじゃアクメ面《づら》を拝めないだろ。ご主人様には礼儀を尽くせよ！」

パッと両手を摑まれた美女は、トロ顔をまじまじと見られてしまう。

「いや、見ないでぇえ！　見ちゃ、いやああっ！　ああんっ、あ、ああんっ！」

何もかも覗かれている衝動に女体は大きくうねった。しかし、美乳が淫らに汗を跳ね飛ばし、両脚が宙に舞い、媚肉をザラリと削られるだけで、至悦の極みに襲われるだけだった。

「ククク、犯すたびにアクメ面を拝めるのもいいもんだな。うおおっ、なんて締まりのいいマ×コなんだ。うねり絡まってきやがる。襞スジも細かいんだな。記念に一発ドバっといくか」

大柄ながらも引き締まった由果の肢体は、勝手に進のペニスを搾り上げていた。もはや意思とは無関係に、本能のまま淫らな膣肉はギリギリと怒張に捻り張りつき、男を悦ばせていた。

「んんおおっ、ブツの先端がビリビリしやがる。くそ、ドン突きかましてピヨらせないと気が済まないぜ」

「冗談じゃないわ！　はおおおっ……あ、ああんっ、はあっ！　これ以上無茶されたら、あああっ！　ひいっ、ふうっ、ううっ！　頭がおかしくなりそうぅ！」

進は泣きわめく女体の括れを摑みなおす。鋭い律動に華麗な両脚はビンッと一直線に張りつめる。肉路の最奥に肉瘤を叩き込まれ、由果は一気に本イキの姿勢に入る。

（ああ、もうダメだわ……大きな波に呑み込まれてしまう……）

そのとき、ふっと進は動きを止めた。あと一ミリであの世に連れていかれる寸前にゆっくり腰を引かれ、由果はガクンと両脚を落とした。

「ククク、気を遣られるとつまらないなあ。いっそ、本気でおねだりしてもイカせないくらい、焦らしてやろうか。それも生き地獄だろうが、ご主人様には一興だ」

「えええっ、そんなっ！　あ、あううっ……ううっ、んんっ、ああっ！」

戸惑いと切なさに由果の桃尻はもどかし気に揺らめく。進のピストン運動は一気にスローダウンし、ゾロゾロとグラインドもいいレベルの腰繰りになってしまう。

「これでもイキそうなら、引き抜いてしまおう」

ドロンとした粘液をアナルで感じ、由果は燃え上がる疼きに悶々と裸体をくねらせた。進は由果の劣情を煽るように膣口まで肉棒を引かせてしまう。それから、ゆっくりと亀頭でラビアからヴァギナの膣襞を舐めていく。

「はあんんっ、んあっ、熱いのぉ！　はああっ、あううっ、ひい、いいんっ！」

トロンと蕩けた瞳で由果が見上げても、進の悠然とした動きは変らない。

「イキたいなら、死に物狂いのおねだりを見せてもらおうか」

残酷な宣言をすると、進はひたすら閉じきらぬ肉フリルをくじり嬲る。

(この私が進に!?　抜き差しを願い出るって……)

訳のわからない軟膏のせいだと、美女のプライドの欠片《かけら》が残っていた。ブルブルと厚い唇を震わせて、ゆらゆらと桃尻を回す。

「んああっ、いいのぉ！　ああんんっ、もっとぉ！　あ、あうううっ……」

数の子天井を踏み潰されて、美女の襞スジは剛直を内部へ引きこもうとした。キリリと膣筋肉がカリ首を締め上げようとする矢先、タイミングを計ったように進は腰を引いてしまう。

「ククク、何ていやらしい顔をするんだ、由果義姉さん。おまけに、オマ×コもグチャグチャになってるよ。オチ×チンが気持ちいいから、由果のマ×コに突き刺してくださいと言うんだ簡単じゃない？」

「どこが簡単なのよ!? いやよ、はあんっ、んんんっ、そんな馬鹿なこと、ああんんっ、死んでも言いたくないぃ、ほおおっ」

全身を淫らな業火に炙られながら、由果は必死に意地を見せた。身体はすでに進の支配下に入っており、極太の挿入を待ち焦がれて愛液がだらしなく溢れていた。

（進のハッタリを信じては駄目！ 気をしっかり持つのよ！）

凌辱されて、一時的に牝犬へ堕ち果てても、女のプライドは譲れない。火照り汗ばむ柔肌をたわませ、由果は泣き叫びつつも、口を割らなかった。

やれやれと、進は首を振った。

「諦めの悪い牝犬だな。そこまで徹底するなら、俺も由果の性感を窺うのはやめにしよう。気が触れてあの世に行かないことを祈ってるよ」

「え、進、どうするつもり……い、やあんんんっ、いきなり激しいのぉ！ ええっ、緩くなって、何なのぉ、アソコが爆発しちゃうぅ！」

ヒラヒラと華麗に舞っていた脚線が男の腰に巻きつく。股下九十センチ近い長い脚など振りほどく勢いで、進は股間を由果の肉太鼓に叩きつける。

(凄まじい勢いでやってきたり、緩々と焦らされるぅ。アソコの疼きが大きくなる)

「はあっ、んんっ、ああっ、あんんっ……いやっ、あ、ああんっ!」

ガツリと子宮の手前までドン突きされ、アクメにイキかけた。

(勝手に腰を振ってしまうぅ……ああ、脳が溶かされてしまうよう……)

進の腰繰りは滑らかで力強い。性感の塊となった子宮頸部をかすめ取り、クイクイッと膣筋肉でも性感が弱い場所を引かれていく。

「ククククク、挿入しない焦らしよりも効くだろう? ふふふ、本当に生き地獄に行きたくなかったら、素直になったほうがいいよ」

捉えどころのない腰繰りに、由果の裸体は追随できない。ペニスは溢れる勢いの愛液に乗って、スイスイッと媚肉を削りふっといなくなる。

(確実に性感は昂ってしまう。アクメに行きたいいっ!)

「あ、ああんんっ、もうっ、お願いぃ……こんなのって、進う、酷いぃ!」

「ククク、だったら俺の言うとおり、素直になるんだ!」

グイッと脚を解かれ、進にマングリ返しにされる。

「はうっ！　おほ、これ、これすごい、いいん……や、や！　ああ、凄、い、ひいい……う、あ！　イク、イッちゃう、そんなに激しくされたら、あううっ、ああ、もう、ううっ、進の逞しいペニスで由果のマ×コを突き刺してぇ！　イカせてぇ！」

つるりと淫欲が女体から零れ落ちた。

一気にピストンは荒々しくなった。膣底から子宮がひしゃげる勢いで怒張が叩き込まれ、胎内を抉り刺された。由果はヒップを跳ね揺らし、男の首の後ろに両手を巻きつける。

「アタシだけイクのが恐いぃ……いい、いい、い、い、い……お願いい、進もいっしょに来てぇ、ね、いいでしょ！　ああんんっ、あひいいっ……はあ、はうむ……んっ、んんむちゅう……」

「はうむ、ちゅううっ……ククク、中出しされて、孕むかもよ？　赤ちゃんできてもいいのかなあ……オラ、いいのかって訊いてるんだよ！」

パンパンパパーンと股間を打ちつけられ、由果の理性の糸は完全にプツンと切れた。ガクガクガクと操り人形のように女体を痙攣させて、コクリと頷く。

（もう、だめぇ……ああ、妊娠したくないのにぃ！）

その恐怖は底知れず、中出しの不安は果てがない。

それでも、今この瞬間に味わう絶頂と比較して、由果はアクメを選択してしまう。

「ああ、嫌なのぉーっ、妊娠だけはいやあっ、ああんっ、だから、外に、外に出してぇ……誰にもさせたことないの！　それだけはいやあっ、どうか許してぇえ、あ、あ、ああ、だめえ、中出しされてイグウウッ！」

進の劣情を煽るように、グンッと声をしならせて、痴女は腰を突きだした。嵌め細工のように肉瘤が子宮頸部にはまり込み、膣筋肉がキリリと揉むほぐす。

「ククク、オラ、タップリ子宮に注ぎ込んでやるぅ！」

「はおおおっ……進のがたくさん由果の中にやってくるぅ、あ、ああんっ、あううっ、うっ、ううっ、うぐううううっ！　ひぎいいっ！　またイグウウッ！」

ブルブルと脈動する肉棒に合わせて、M字開脚の桃尻が何度も鋭く汗と愛液を飛ばす。蕩ける美女の表情は、狂喜乱舞する進のペニスが射精を繰り返すたびに、コロコロと変わっていく。

「ふふふ、いい顔になったぜ。何でも曝《さら》け出す性奴隷なら、俺も飽きることなく抱いてやるよ。よし、次は……」

胎内の怒張が精子を吐き終わる前に、進は次の性戯に移りだす。二穴を犯された由果は、ゆっくりと裸体を動かし、怒張を媚肉で舐め絞っていた。

第二章　葬儀での調教儀式

1

和室十畳の部屋も三姉妹と進の四人だと、詩織には狭く感じられた。
木製の棺桶が女中の手で運ばれてくるのを姉妹は眺めていた。
（いったい何のための棺桶よ。まさか、由果姉さんを……）
胸騒ぎを覚えた詩織の眼の前に、棺桶は置かれた。
「安心しなよ。慣習に従っているだけさ。別に、由果を死体扱いするわけじゃない」
多少、言い訳がましく進が言った。
その言葉が合図になったのか、いまだ小さな脈動を繰り返す二十三歳の肢体が女中らに持ち上げられる。手慣れたように、神輿を担ぐ塩梅《あんばい》で抱《かか》える仕草は、詩織の瞳にも只者ではない雰囲気に映った。

「ううっ、んんんっ……はあああっ……」

不思議にも、由果は木製の棺桶に入れられると、安心したような寝息をたてはじめた。

「しばらく、由果は眼を覚まさないだろう。さて、早い気がするけど次はどうしようかなあ。その前に、葬儀の準備をさせないと不味《まず》いな」

グッタリと横たわる次女の裸体を尻目に、進は腕時計を見た。

（このままでは、遥姉さんが進さんに犯されてしまう）

元々、進のことを精神的に幼い大学生だと詩織は侮っていた。あどけなさの残る青年は、中性的な白く逞しい裸体を弾ませて、遥と詩織へゆっくり顔を向けた。

「これから、密葬を行う。この部屋から移動することはない。もう、遥さんに相手をしてもらってもいいんだけどな」

進が手を鳴らすと、女中が障子や襖《ふすま》を外しはじめた。

すでに夜は明けており、朝日が部屋に差し込んだ。二十三歳の裸体が照らされ、卑猥な雰囲気を醸し出す。刷毛塗りの汗を全身にテカらせる由果は、いつもよりまろやかに見える。

「由果をこれだけ虐めても、まだ足りないの？　進くん。一ノ瀬家の慣習に従わざるをえないのはわかるけど、私でやめてちょうだい！　たとえ、遥で満足できなくても、詩織には手を出さないって約束して！」

信じられないといった表情で遥は進を睨みつけた。

そんなやり取りの間も、女中たちは忙《せわ》しなく部屋の模様替えをしていた。彼女たちは淫戯に気を遣った由果の淫らな裸体も、進の股間から聳え立つ肉茎も視界に入っていないようだった。

わからない、と進は首を振る。

「誠兄さんの魂を成仏させるには、もっと義姉さんたちの喘ぎ声が必要なんだ。おまけに、コンドームをつけてあげたにもかかわらず、由果はこの有様だ。もう少し、歯ごたえがあるかと思っていたんだけど。遥義姉さんが中出しを喜んで受入れれば、すぐに終わることかもしれない」

そのとき、不意に詩織は決心する。

（長い通夜が終わって、進さんは焦っているかもしれない）

「詩織が遥姉さんの代わりになる。ね、いいでしょ。もう、葬儀と出棺、火葬を終えればタイムアップよ」

緑色のブレザーを脱いで、少女は進の前で跪いた。

(もう、時間を稼ぐにはこれしかない)

袈裟《けさ》姿の坊主が部屋に入り、チラリと由果の裸体を見た。スラリと伸びた長い脚はハの字に割れて、鶏冠の紅い小陰唇がピロピロと蠢いている。その脇には子種の詰まったコンドームが脱ぎ捨てられている。

「だめえ、やめなさい。詩織、犬死にするようなものよ!」

懸命に諌《いさ》めようとする遥は、腰が抜けてしまったように動けなくなっていた。猛々しく由果を責めたてる進の姿に、恐怖と不安で縛られたようだ。

(彼もまだ二十歳。あれだけ射精しているんだから、耐性は弱いはず)

進の表情は珍しく戸惑ったものになる。

「朝っぱらから積極的だなぁ、詩織ちゃん。ううっ、いいんだけど、弱ったなぁ」

少女が睾丸をさわさわと撫で上げると、青年は呻き声をあげた。

少し萎れかけた淫棒がメキメキと赤黒く凶暴性を取り戻しはじめる。詩織は悪戯っぽい視線で進を見上げ、か細い指先を皺袋に戯れさせた。

「ふうう、じゃあ、葬儀中の間は詩織ちゃんに相手をしてもらおうか。でもなあ、あんまり強がらないほうがいいよ。まだ処女なんだろ？」

何気ない進の呟《つぶや》きに、詩織ははち切れんばかりの若乳を揺らめかせた。

「変なこと言わないで。よけいな邪魔をしたら、承知しないわよ」

薄ピンク色のブラウスを張らせて、詩織の指は精嚢袋からつつっと肉幹へと移る。少女ならではの柔らかい指さばきに、青年の裏筋はピクピクと敏感に反応する。

(遥姉さんを相手にするなんて、十年早いわ！)

生々しい牡肉の反応に、凛々しくも可愛い小顔をうっとりさせて、少女は進を内心馬鹿にしていた。緩急のついた指のしごきに、進は眼を白黒させている。

「詩織、あなた、そんなことをどこで覚えたの？」

呆然とする遥とは対照的に、進は腰を小刻みに振りながらも冷静に言い放つ。

「倉持詩織の特技は、フェラチオ、スマタ、パイズリ。一見どれも、淫らで男が興奮するが、エアセックスには変わりない。悪いけど、貫かせてもらうよ」

落ち着き払った台詞は、少女の恐怖を煽るには十分すぎた。進が手を挙げると、坊主は読経《どきょう》を開始した。

2

あまりに生々しい男女の交わりを見て、遥は青ざめた顔のまま動かなかった。進は詩織を誘導して、シックスナインの体位をとった。

（えっ、進さんは私をどうするつもりなの？）

いたいけな十八歳の少女は後ろをチラチラと見た。

「詩織ちゃん。こっちは気にしないで、俺のを慰めてくれよ」

青年はチャック柄のスカートに両手をあてて撫でまわす。

「いや、何しているの？　気が散るじゃない！　変なことしないで」

少女は極太の肉幹を細指でしごき上げながら、悲鳴をあげた。臀部を擦られながらフェラチオをすることが、すでに想定外のことだった。

「やっぱり、全部、詩織ちゃんの言うとおりにしないといけないんだ。それだけ可愛くて美人ならほとんどの男は命令に従うだろうな」

シュルシュルと布地の擦れる音が少女に屈辱と恥辱を与えた。おまけに、進の熱い吐息が尻間に吹きかかる。集中力を乱された詩織の手コキは、単調なリズムへとトーンダウンしてしまう。

「ううっ、身体に触らないで！　進さんは気持ちよくなりたんでしょ？」

純真な少女の思惑とは裏腹に、進は口端を歪めた。

「悪いけど、フェラチオだけされても気持ちよくならないんだ。気持ちよくなれないと、遥義姉さんとセックスしなければならなくなる」

セックスと言われた遥はビクッと喪服姿を震わせる。

詩織は釣り込まれて進に尋ねた。

「どうすれば、進さんが気持ちよくなるの？　だって、男の人は気持ちよくなって興奮すれば、射精するじゃない。違うのかしら……」

「そうだね。詩織ちゃんの言うとおりだよ。でも、俺は詩織ちゃんが興奮しないと、気持ちよくなれないんだよ」

進の手つきが変っていく。片方の手で丸尻を撫でながら、もう片方の手がスカートの中に侵入した。ピクッと少女は細腰を硬直させて、美貌を引き攣らせた。

「どういう意味？　進さんは私をどうしたいの？」

美少女は安易な淫戯しか知らず、訝しげに振り返った。

「そうだな。俺の言うとおりにしてくれればいいんだよ。ほら、ペニスを舐めつづけて。これから、何があってても振り返ってはいけない。いいね？」

「う、うん……変なことしないでよ！」

肉棒をしごく以上の淫戯を美少女は知らなかった。どさくさ紛れに眼前の怒張を舌肉で嬲るよう促《うなが》されて、詩織は当惑してしまう。

（フェラチオって、エッチなＤＶＤで見たことはあるけれど……）

美少女が自分のプロポーションに自信を持ちはじめたきっかけは、周囲の男子からの卑猥な視線だった。粘り気のある目つきが強い男性から、言葉巧みに淫戯へ誘われ、彼らがただ欲情しているだけではないことがわかってきた。

（エッチなことをするときは、そういうＤＶＤを流していたっけ……）

一線を超えた肉体関係まで美少女は求めていない。手っ取り早い小遣い稼ぎと、己《おの》が裸体に興奮する牡を手玉にとることで、フラストレーションの捌《は》け口にしていた。

清楚で潑剌とした少女の身なりに、彼氏と名乗る男たちは警戒して言いなりになったまま、牡欲を放出していた。

「ふうっ、れろ、ちゅぱっ……ちゅっ、ふ、ふううっ……こんな感じかなぁ。ひゃんんっ、進さん！　変なことしないでって言ったでしょ！」

ビクンッと肢体を震わせて、少女は淫棒から唇を離す。ツウッと詩織の唇に粘液が糸を引く。スカートの内部に侵入した進の手はゆっくりと舟底を擦りだしていた。

おぞましい感覚にみずみずしいヒップがキュッと収縮した。

「ククク、さすがに若い娘は感度良好だね。水玉の木綿のパンティを穿いているのかぁ。これはわざとなのかなあ……」

「どういう意味!?　ひいっ、いいんっ……クロッチを擦らないでぇ」

もぞもぞと不規則に蠢く詩織のヒップは冷たい空気へ剝き出しにされる。

「詩織……言いなりになれといっただろ？　それから、俺に命令するな。わかっているんだろう？　これから何をされるかぐらい……嫌だったら、バージンを奪われる前に搾り取って見せろ！」

「はあんっ、スカート捲り上げちゃいやあ、ああんっ、恥ずかしいよぉ……」

白い細腰から、スレンダーながらも肉づきの良い白尻を丸出しにされて、詩織は啜り泣きはじめた。美少女が恥部と感じているのは、尻肌が露《あらわ》になったせいではない。

（遥姉さんにいやらしいところを見られているぅ……）

後背位でチロチロと舌で亀頭を舐め上げる詩織の頬に涙がつたう。

「もういいわ、詩織。進くん、やめてちょうだい！　私が、代わりに……」

動揺を隠せない遥は、妖艶な声を上擦らせた。

「ククク、遥義姉さん。残念ながら、身代わり娘は淫戯の途中でフェイドアウトしてはいけない慣習になっている。それに、ようやく危機感を覚えて本気になりだした妹さんの頑張りを止めるんですか？」

「ううっ、進くん……なんてことを……」

悔しさを滲ませて、熟女は呻いた。

「はあむ、むちゅう、ううんっ……んじゅっ、じゅじゅう！　ジュルッ、ジュルルッ、ちゅうっ、ちゅぱっ、熱いよぉ、ヒクヒクしてるぅ！」

美少女の舌先が裏スジを舐めあげ、プルッと亀頭が震えた。綺麗な舌腹からドロリと唾液を怒張にまぶし、カリ首をゾロゾロ這わせてから吸い上げる。鈴口の窪みの黒孔がヒクヒクと開閉を繰り返した。

「ふふふ、心が籠もった舌遣いだ。そこから、亀頭を舐り終えたら、詩織の口で咥えこむんだ。噛んだりするなよ。ゆっくりと俺の肉を味わうようにしろ」

「くうっ、わかりましたぁ……はあんっ、何か変な気持ちがするぅ……今までこんなの経験したことぉ、ないよぉ。ああ、詩織のお尻に何かが入ってくるぅ！」

キュッと尻たぶを強張《こわば》らせても、進は指の動きを止めない。パンティの生地越しにクレバスを押される感覚に、少女は不安気にヒップを振り立てる。

「これだけふくよかな尻でも、ここだけは発展途上なんだな。詩織は処女を奪われたくないだろ？　それなら、必死に精子を抜き取るんだ」

すうっと遠くて鈍い何かが詩織の臀部をすり抜ける。やがて、熱いとばりが若い子宮からわずかずつ漏れていくのを少女は自覚した。

（ああ、何でこんなことにぃ……うう、進さんのオチ×チン、大きすぎてビクともしないよぉ、これを咥えるなんてできないぃ！）

美少女は両手の細指をクネクネと肉幹に這わせて、必死に揉みほぐす。カリ高な窄まりに指リングを引っかけ、クックッと摘まみ上げた。ところが、不気味な光を発する亀頭はドクドクと脈動するばかりで、先走り汁すら放出の気配を見せない。

（なんて頑丈なオチ×チンなのぉ！　ううっ、仕方ないわ……）

意を決して、詩織は唇をそっと赤黒い肉瘤へ運ぶ。

「イラマチオはしないからさ……せいぜい気持ちよくしてくれよ」

「うんっ、はううむっ、うむううっ！　ううんんっ、うんっ、んんっ！」

ズルリと赤肉は少女の唇を裂き割る。唇輪をゆっくりと射角の大きな亀頭に沿わせて、一気に呑み込む。ブルンと怒張が引き攣るよう膨張し、詩織は射精される恐怖を味わったが、何とか平静でいるように心がけた。

「さてと。詩織、そのまま指でしごきながら口を上下させるんだ。こっちは詩織のマ×コの処女ぶりを確認させてもらう」

口内を怒棒で満杯にした美少女は、みずみずしさ溢れるヒップを激しく振り立てる。

(ええっ、いやあっ！　強いぃ……はんんっ！)

進は詩織の白い太ももを両腕で摑むと、上半身を起こしてしまう。反射的に少女の指は肉棒を強く握りしめ、より深く口輪が飴色の肉幹に沈み込む。

「んんぐうっ！　んむううっ……」

嗚咽は怒張の粘膜を揺らした。クシャクシャに歪む少女の眉毛がキュウッとハの字になる。苦悶と恥辱に真っ赤となる詩織の美貌を眺めながら、進はゆっくりとスカートのサイドファスナーを引き下ろす。

(苦しいぃ……ああっ、スカートが脱がされちゃうぅ……)

一見、のほほんとしている詩織は三姉妹の中で一番プライドが高い。自尊心の強い美少女は、男にスカートを触らせたことすらなかった。

「何を焦ってるんだよ詩織。スカートぐらいでおたおたするな。ほおおっ、でも水玉のパンティに染みが出てきた。まさか、お前……」

卑猥に嗤い、進はスカートを剝ぎ取り少女の眼前に落とした。きめ細かい白肌が剝き出しにされ、詩織の目から大粒の涙が零れた。

(ああ、アソコに舌を突っ込んできたああ……)

引き締まった十八歳のヒップにも熟脂肪は詰め込まれている。完熟への過渡期にある白い桃尻に顔を埋《うず》められ、少女はバタバタと両脚を動かした。

「暴れるなって……間違ってアナルに舌を突っ込んじまうだろうが……それでも俺はいいけどな……」

その間にも進は腰を小刻みに反復させる。慌てて引き抜こうとした詩織の口内粘膜が怒張に穢され、舐めさすられていく。若々しい肉棒が乙女の舌先と激しく濃厚に接触し、ピクピクと痙攣する。

「さてと、詩織。暴れるなよ。じっとしてないと酷い目に遭うぞ」

(もう、これ以上、どういう目に遭えって言うの!?)

詩織が腰をよじろうとしたとき、男の逞しい腕にギュッと抱きしめられる。透き通るような白い下半身が宙に浮いた。

「んぅ……じゅうぅ、ん、んっ！　はああ、進！　どうするつもり？　ああ、あんんっ！　クリトリスにしゃぶりつかないでぇ！」

血液が逆流する感覚と共に、艶やかな黒髪が畳に落ちた。慌てて両手をつこうとした細腕を縫って、スルスルとピンク色のブラウスが滑り落ちていく。すると、ゆっくり進は詩織に両手をつかせた。

（ううっ、私でなければケガしているわ！）

詩織は高校で体操部に入っていたので、柔軟性のある肢体は、そのままブリッジ状に床へ着地した。華麗に舞い降りた少女の股間に進は裸体を被せる。

無残にしなやかなアーチが崩れてしまう。キリッと大きな瞳を吊り上げる少女の眼前に肉棒をぶら下げられた。文句を言おうと半開きの口が閉じてしまう。

「おしゃぶりは継続してもらう。」ほら、早くしろ。皮一枚残してアソコを舐めほぐしている意味を考えろ。しっかりとな……」

「あああうっ、ひいんっ……刺激が強いぃ！　ああ、いやあああっ！」

泣きわめく少女の口に、ストンと肉棒が落とされる。慣習がある以上、詩織も逆らうことはできなかった。おしゃぶりのように、両手で緩急自在に揉みしごき、カリ肉へ螺旋状に舌先を走らせる。

「へえ、けっこう慣れるのが早いなあ……淫乱な性格は姉妹そっくりだ。おまけに、ここも処女には変わりないが、ずいぶん長い縦筋だな。ディルドーで自慰しているだろ？　それなら、中途半端なセフレじゃなくて、彼氏作れよ」

「ううっ、ぐす、よけいなお世話だわ！　それに、慣れるはずないじゃない！　ひいんんっ、ああっ、アソコがジンジンしちゃうう……」

すっかり詩織の口調からは清純さがなくなっていた。生々しい十八歳の女が淫らな行為に水玉のブラジャーを揺らめかせ、豊満なバストに汗を浮かばせた。

（どんどん指がめり込んできちゃうぅ……はあ、なんでこんなに刺激を感じちゃうのぉ……はああ、クリトリスが硬くなってるう……）

グニグニと進はパンティの上からクレバスを弄《いじ》り立てる。左右に伸ばしたり、突然バキュームしたり、手を変え品を変えて責めてきた。

（やだあ、きっとグッショリと染みが大きくなっているわ……）

水玉色のパンティに真黒な線が浮かんでいると想像するだけで、燃え上がるような恥ずかしさに見舞われる。

（それに、遥姉さんの前で進にフェラしている）

喪服の袖口を口元に運び、心配そうに見つめる遥が詩織の視界に入った。姉の視線からは蔑みや馬鹿にした様子は微塵もない。

真面目で妖艶な姉の視線がことさら妹の性感を昂らせた。

（そうよ、遥姉さんを妊娠させてはならない。由果姉だって、あそこまで身体をはったんだもの……詩織が犠牲になれば……）

誰に教えられたわけでもない淫戯を続けた。亀頭全体にすべらせていた舌の動きから、頬を窄ませて一気に吸い立てたり、鈴口の窪みをついばんだりした。

思いのほか効果があったらしく、進は呻き声をあげて腰を浮かせた。

「ほおお、そこまで強烈なら、俺も手加減する必要はないだろう。ふふふ、ほどよく潤ったサーモンピンクの肉をいただくとするか」

「え、ええっ、あううっ、あああんっ！　剝き出しでクリトリスを舐めちゃいやあ、ああうっ、熱いぃ……いやあっ、ああんっ！」

腰紐を解かれて、詩織の白い尻が揺らめく。黒芝の中にある綺麗なワレメがクパッと開帳された。まだ男の匂いのない鮭色の肉沼をベロベロと舌先で搔きまわされる。

（あううっ、刺激がすごくて……イッちゃううっ！）

ギュウゥッとしなやかな十本の指があらん限りの力で、肉棒を握り潰す。まだ穢れのない白魚の手の内にある飴色の尺八に、詩織は薄い唇を押しつけてピンポイントに吸いついた。

「ああっ、アソコが熱くなって、一気に弾けちゃううぅ、はあ、ああ――んっ！」

「ククク、俺の精子を飲み込むんだ！　詩織！」

刹那、真っ白な裸体がビクビクッとまな板の鯉のように跳ね躍る。可愛らしいパッチリとした瞳が裂けんばかりに大きくなり、小さな口内に肉瘤が捻り込まれた。

（あ、熱いぃ！　こんなにたくさん……ううっ！）

ここですべて吸い尽くさなければと詩織は激しく美貌を振り立てる。

「詩織……ああ、進くん……何でこんなことにぃ……」

ポツリと遥は両手で相貌を覆い、哀訴を呟いた。

細い首が艶めかしく何度も波を打つ。詩織は酸欠状態で夢と現実の間をさまようなか、肢体を熱くしながら脈動させた。いたいけな美少女の喉奥は、へばりつくような白い子種が大量に流しこまれていくのを感じていた。

3

とめどない子種を嚥下《えんげ》した美少女の肢体から進が離れた。アクメの衝撃から立ち直った詩織は、ゆっくりと上体を起こした。その拍子にバックホックの紐が解けて水玉色のブラジャーがはらりと白い太腿に落ちた。

「いやあんっ、恥ずかしいぃ……あううっ」

十八歳の少女にしては豊満な白い乳房が静かに揺れる。真っ白な釣り鐘状の乳房の張りも艶も申し分なく、甘い汗に煌めいた。わっと詩織は慌てて両腕で胸を覆う。

「何を隠す必要があるんだよ。ほら、遥に俺たちが愛し合っている姿を見せてやろうぜ。オラ、手ブラなんてしている暇はないぞ！」

「きゃんんっ、ええ、もうやだあっ！　いやああっ、やめてええっ」

中性的で華奢な身体つきの青年に、いともたやすく両脚を掬い上げられる。

（ええ、まだやる気なの？　もう、充分すぎるほど搾り取ったでしょ）

今度は駅弁の体位にされ、危うく少女の上半身がふらついた。慌てて詩織は両手を相手の首に巻きつけて、たわわな実りを胸板に密着させた。

「ククク、もう乳首がしこってるじゃねえか。ほら、脚も巻きつけろよ」

「そんな、もういいじゃない！　下ろして……あ、あううっ！」

むんずと生尻を両手で摑まれた美少女は、男の腰に長い脚を巻きつける。

（アソコが進さんのペニスにあてがわれてる。おまけに後ろの穴まで……）

バージンをこの男に捧げるわけにはいかなかった。詩織のプライドはズタズタにされたものの、処女まで奪われたくはない。進は美少女の尻たぶの感触を楽しみながら、人差し指をアナルにあてがっていた。

「進くん！　詩織を離してあげて！　もういいわ。あとは私が……」

哀訴を続ける兄嫁に進は、高らかに宣言する。

「駄目だ。詩織のヴァギナを貫いてからでも遅くはない。まだ、読経は続いているし、早いくらいなんだよ」

セックスの抜き差しを告知され、詩織は必死に訴えた。

「何よぉ！　フェラチオしてあげたじゃない。もう搾り取ったんだから、ここまで意地悪しなくてもいいでしょ？」

むにゅむにゅと若さ弾ける乳房を押しつけて、詩織は毒づいた。

卑猥に歪む双房を眺めて、進は恐ろしいことを言いはじめる。

「オーガズムのときにならなければ、ドライかウエットかわからないだろ？　ドライなら詩織のヴァギナに何も射精しないさ。するものがないからな。ただし、子種袋に精液が溜まっていたら、何発でも打ってやる。そこで気を遣《や》ったら、遥に引き継いでもらうさ。こっちで試してもいいんだがな」

進は躊躇なく詩織の肛門を弄《いじ》る。白い桃尻の谷間にアーモンドピンクの括約筋がうねっていた。そこを進の指先がチクリと菊門を刺激していた。

（ドライオーガズムかどうかなんて、何で私たちが確かめなければならないの!?）

ガッチリと少女は身を寄せると、進は囁《ささや》いた。

「孕む心配はいらないさ。その年でピルを服用しているんだろ？　仮に注ぎ込んだとしても、大丈夫さ。まあ、アナルに今のところ用事はないが、何をされてもいいと思ったなら、覚悟を決めろよ！」

駅弁体位になった詩織は動くに動けなくなってしまう。チロチロと菊蕾を弄られては、腰を落としそうになり、極太ペニスの灼熱で力が抜けそうになる。クネクネと炎に炙られる白蛇のごとく、スレンダーな裸体が忙しなく揺れる。

「はあ、はあっ、はああっ、ああんっ、も、もおおっ！」

詩織は肩を小刻みに上下させ、息を荒げていく。仕方なく進に美貌を埋めれば、むにゅりとみずみずしい乳房が押し潰れた。夏蜜柑のような丸い球体が微妙に上下運動を繰り返すたびに、先端の乳首がビリビリと痺れる。

「ククク、すごい汗だなぁ、詩織。熱でも出したのか？」

少女の背骨の窪みから、滝のように汗が噴き出しては流れ落ちていく。若々しい牝の匂いを纏う甘い汗が進の指を濡らし、菊門の孔道脇に滴る。

居ても立ってもいられない様子で、ついに遥が詩織に手を伸ばそうとした。

「駄目だと言っているだろ、遥義姉さん。嫌でも、俺の肉棒があんたの子宮を突き刺すときがやってくるんだ。それまで、体力を温存していたほうが身のためだよ。ククク、詩織の心配をしている余裕なんてないんだよ」

進の指はしなやかに美少女の菊皺を突つき回す。ときに激しく、ときに優しく、強弱を織り交ぜた多彩な責めに、詩織はなす術もなく生尻を振り立てる。艶めかしく張りのある丸い尻頬が揺れている。

「なんていやらしい手つきをするの。ううっ、痛いのぉ。はあんんっ、んあ、後ろを弄っちゃいやあっ……」

あえぐ詩織の声が澄んでいく。美少女は少しずつ確実に体力を奪われるなかで、尻たぶを波打たせて力強い抵抗感は薄れていた。

(進は腕の力を徐々に抜いている……)

剝き卵のような丸尻を摑む指の力は変らない。しかし、徐々に美少女の細い腰が沈んでいく。進の腰に巻きつける太ももも汗で滑り、詩織が力を入れても徒労に終わる。

クチュリッと灼熱の肉瘤が詩織のクレバスをこじ開け、ラビアに触れた。

「ひぎいっ、んんぐうっ……いやあっ！　そこだけは絶対に嫌！」

必死に顔をのけ反らせて、肢体を逸らそうとした。熱いとろみが屹立した肉幹に伝い落ちる。すると、ぷるんと双房がゼリーのように揺れる。

進の唇は引き寄せられるように生乳の先端へ吸いついた。

「はあんんっ！　進さん、いまはやめてぇ、あぐううっ……」

詩織は眉根を寄せて、相貌を振った。ガクンと腰が落ちかけて、再び美少女の陰唇が怒張に張りついた。燃え上がる感触に、まろやかな尻肉が震える。

「いいあえぎっぷりだな。それに、短時間でどんどんエロくなっていく。でも、腕がくたびれるな……なあ、そろそろ処女の納めどきだろ？　媚肉こそ初々しいが、いやらしく下のクチは咥え込んでくる」

「違うもん、酷いこと言わないでぇ……あううっ、んんんっ！」

詩織の白い裸体は悲鳴をあげていた。刷毛塗りの汗に煌めくふくらはぎがプルプルと震えて、ふくよかなヒップがジリジリと落ちていく。

不意に進は両手を離した。詩織は両手両足を相手の身体に密着させても、桃尻はガクンと下がってしまう。亀頭がヌルンと桜色の花蕊に入るのを、詩織ははっきり感じとった。

「ああんんっ！　入ってきちゃううう……いやあっ、はああっ、はあっ、お願いだから、これ以上はやめて！」

少女の叫びに反して、聳え立つ肉茎は一気に孔道を貫いた。短い膣洞の先にある子宮頸部まで踏み荒らす怒張は、胎内を抉り裂く勢いで、媚肉をひしゃげ突いた。

(があぁっ、まるで身体を真っ二つに裂かれたみたい……)

弾力性の富んだ膣襞は極太ペニスを歓迎するように、柔軟に拡張されていく。詩織は下手《へた》に気の利く己が子壺を恨んだ。

「ククク、やっぱりディルドーでオナっていたんだな。それも、大食いご用達の極太タイプだろ。んんくっ、おおうっ、すごいな……すべりこむときはスルッと入ったのに、ギチギチに喰いこんできやがる。本当に詩織は処女なのか?」

「はぐうっ、嘘ついてどうするのよ! 馬鹿! 早く抜いてぇ……ああ、もう、いやあああっ……」

遥を守るという目的を忘れ、詩織は啜り泣いた。

「おいおい、ここは泣いている場合じゃないぞ。遥義姉さんに俺たちの結合を見てもらわないとな」

駅弁から、ゆっくり進は腰を下ろして胡坐をかいた。座位となって後ろ手に足を前方へ投げ出すと、腰を突き上げだした。

すぐに美少女は顔色を変える。

「い、いやあっ、もう抜いて! 勝手に動かないで。ああんんっ、ぐす、詩織の中で動かないでぇ……あううっ！」

苦悶の表情で睫毛を震わせ、美貌がクシャクシャに歪む。好きでもない男に処女を略奪された悲しみや悔しさ、やるせなさにポロポロと涙が零れ落ちる。

進から身体を離そうとした瞬間、十八歳の少女の子宮がグリンッと捻り回される。

何が起こったかわからず眼を開けると、遥の妖艶な美貌があった。

「ううっ、詩織……ごめんなさいね。そもそも、私が悪かったのよ」

遥は双眸を泣き腫らし、ハンカチを口元に運んでいた。まるで、ただ自然に誠の死を悼《いた》んでいるようにすら思えた。

「遥姉さん……あ、あぐううっ！　いい加減にしてぇ……」

ゴツゴツと子宮を抉られる衝撃に、美少女は腰が抜けそうな感覚を覚えた。

（ああ、進のがアソコをいっぱいに拡げているぅ……でも、全然痛くないのはどうしてぇ、処女を失うときは……）

激痛に襲われると洗脳されていた詩織は、錯乱状態に陥る。背後からたわわな白桃色の乳房を揉い揉みながら、進は冷静に解説する。

「派手にオナっている奴が痛みなんてあるか。クククク、頭でっかちのお嬢さんよ。詩織は想定外のことになると、本当に弱いからな。快感だけは別なのかな……由果よりも落ち着いているしな」

その言葉を聞いて、詩織は敏感に反応する。

(由果姉さんのときは違ったのかしら……)

火傷《やけど》するようなヒリヒリとした感触は、愛液を介して中和されている。ゴツゴツと短いストロークで穿ち込まれる圧迫感も、詩織は何度となく経験していた。

(だって、このくらいの太さのディルドーで自慰を……)

ふと、遥の視線が詩織の股の付け根に突き刺さる。

「いやあっ、姉さん、見ないでぇ！　恥ずかしいのぉ……」

進は嗤いながら指を生乳に戯れさせた。

「何が恥ずかしいんだよ？　俺のペニスを美味しそうに咥え込んでるじゃねえか。処女というのも詐欺に近いなあ……むしろ、由果より淫乱かもな」

スラリとした両脚を折り曲げて、詩織は結合から逃れようとした。すばやく両腕を摑まれ後ろ手に拘束され、後背位の体勢にされてしまう。

「あぐうっ、離してえ！　もういやあっ、アソコに入れないで済ませて」

軽すぎる詩織の譲歩に進は呆れ顔を隠さない。

「いいから黙ってろ。お前を完全に牝堕ちさせるからな」

ガッチリ嵌まり込んだ肉棒をぐりぐりグラインドさせていく。きめ細かい膣の段差やうねりを無視していく。みっちりとした膣内から肉傘を引き抜くと、すぐに股間が桃尻に叩きつけられた。

「ひぎいっ、激しいのはダメェ！　あぐうっ……」

ズドンと脳を揺らされる衝撃に、子宮がグラグラと揺れる。

（ああんんっ、もう、これじゃ、いつ突かれるかわからないじゃない！）

機械的な律動とは正反対の腰繰りに、思わず腰が蠢いてしまう。

「熱いのぉ……ひぐう、あぐううっ、やめてえ、あ、あんんっ！」

激しい抽送に、詩織は瞳を白黒させた。タプンタプンと乳房が前後に跳ね揺れるなか、進は緩急織り交ぜて、ピストン運動を継続した。

「やっぱり、見た目で女は判断できないな。こんなにスレンダーな詩織のバストとヒップの発育がいいのは、淫乱女になる素質があるせいだ」

はしゃぐように声を弾ませて、進は詩織の細腰をがっちりと摑んだ。ショートカットの髪の毛を揺らして、少女は不安げに凌辱者を見た。くっきりとした瞳は少しずつ大人びた光をともしていく。

「詩織……ああ、そんな……」

そうした三女の変化に、遥は恐れおののく。

苦悶と悲鳴に満ちた少女の嗚咽には、確実に悦楽の響きが混ざりはじめていた。

「そんな……ち、違うもん！　あたしは淫乱女の素質なんて……はあっ、あぐ、ううんっ、なんで変な声が出ちゃうのぉ！　ああ、激しくしないでぇ！」

依然としてギクシャクと詩織は桃尻を動かしている。ディルドーとは違う、猛々しい牡欲の肉塊は予想どおりに動いてはくれない。

「ククク、何て嚙み応えのある娘なんだ。いいぞ、もっと踊れ、踊るんだ」

成熟途上にある十八歳の少女の動揺が、進には肉棒を通じて手に取るようにわかるらしい。珍しく興奮気味に声を上擦らせて、ペニスを捻り込む。

「うあっ、はんんっ……ああ、詩織、おかしくなっちゃいそう……いや、はんんんっ、お腹が燃えそうになってきたあ……あんっ、い、いや、あ、ああんっ！」

膣奥から蛇口の栓が壊れたように愛液が溢れ出す。

愛液が粘度を帯びだすと、ヒリヒリした感覚はなくなる。代わりに、内奥からへばりつくような熱い快感を覚えはじめた。

（今までのオナニーとは違うのぉ……い、いやあっ！）

自慰の火照りとは異なるエクスタシーを感じはじめ、詩織は怯えだす。

（これがセックスのアクメにつながるならば……）

牡欲に狂う男たちを足蹴にしてきた少女は、以前観たエッチなＤＶＤを思いだした。彼女たちが演技をしているのはすぐにわかった。反面、モザイクに隠された結合で全身を戦慄かせ、淫液を飛ばす女性たちの気持ちは詩織に理解できなかった。

（それはつまり、進さんのオチ×チンに気持ちよくなっているってことじゃない！）

清楚でプライドの高い少女は認めたくなかった。

進は、よがり戸惑う詩織の眼前に目標をぶら下げる。

「読経が終わるまでに、詩織がイカなければ中出しはやめるよ。それに、遥へ手を出すことも諦めてやる。どうだ？　悪くない条件だろう」

不意の申し出に、詩織は返事ができない。予測不能な腰繰りに破滅的な愉悦を噛みしめ、性感の変化についていけなかったからだ。

（ううっ、アソコの肉を強く擦られると……腰が勝手に動いちゃうぅ）

捉えどころのない繰り込みに少女は対応できない。

「クククク、それどころじゃないってツラだな。いいさ。どっちにしろ、お前はアクメに飛ぶはめになる。せいぜい、耐え忍ぶことだ」

進は張り艶のあるヒップに手を置いて、抽送のリズムをさらに複雑なものへと変えていった。それは、無茶苦茶なようで、ひどく洗練された旋律だった。少女はクネクネと裸体をよじらせる。

「やめて！　もう、ああううっ、変な感じ……どうして、あ、ああんっ、ううっ、ピリピリと腰回りが痺れるぅ、あうっ、あはんんっ、あ、ああんっ！」

クイクイッと怒張を手繰《たぐ》ると、ヌルヌルッと膣の柔襞が喰い破られる。まったりした女悦とは違う鋭い刺激が細腰に走り抜け、反射的に媚肉が収縮するものの、肉杭の動きはやまなかった。

（焦らされているの!?　いや、そうじゃない……）

愚図愚図と膣陰付近を進は彷徨《さまよ》ったりしない。躊躇がまったくない独特のリズムで抉りこまれる。ふくよかな尻肌と股間がバチンとぶつかっていくなかで、詩織の喘ぎ声はいっそう澄み渡っていく。

（ああ、いやあっ、勝手にアソコが暴走を始めている……）

流水のような緩急極まる獲物を捕まえようと、ヘロヘロ状態の膣筋肉が息吹をふきかえし、キリリとペニスを全体で揉み潰す。

「ふふふ、締りが強くなってきた……それにしても、俺のブツに慣れるのが早いなあ。一回目はどんな女でもヒイヒイ言って、馴染ませるまで苦労するんだが。おまけに処女なんだろう？　すごい名器になる素質があるなぁ」

「素質なんて……へ、変なこと言わないでちょうだい！　ううっ、中出しはさせないわよ。あたしは絶対にイカないから……」

スレンダーな裸体は、微妙に性感帯を突かれるタイミングを覚えはじめた。飢えた痴肉に踏み込まれた際、繰り込まれるリズムに合わせないよう、詩織は猥褻に桃尻を前後に揺すりたてる。

「ククク、無駄な抵抗はするものだよ、詩織……」

進はリズムを切り替えて、花蕊の深奥をドン突きした。ビクンと十八歳の少女は裸体を慄かせる。小さなアクメがさざ波のように襲いかかる間、詩織はただ犯されるしかなかった。

(なんで進さんはアソコを隅から隅まで知ってるのよ！)

毒づく暇を進は与えてくれない。

「あっ、今度は何!?　いや、いやあああっ！」

結合した状態で、背面駅弁にされた詩織の股割れが遥に丸見えとなる。長女は呆然としたまま、妹の陰唇が肉棒に串刺しとなっている姿を眺めていた。

進はこれでもか、という勢いで詩織の膝裏を持ち上げて、グイッと一直線にM字開脚させた。恥辱に燃え上がる少女の媚肉は、生命の息吹を取り戻したようにキリリと怒張を喰いちぎる。

「ククク、遥。詩織に中出しする瞬間から眼を離すなよ」

信じられない宣誓に、詩織は振り返った。

「もう、中出ししないって……」

絞り出すように少女は哀訴した。

「それは、お前がイカなかった場合だろ？」

グイッと進が両腕を下げると、一気に少女の尻が沈む。信じられないほどの深度まで抉り込まれ、詩織は白い喉を露にする。天を仰ぐ美貌からは、涙が零れていく。

（がああっ、お腹いっぱいにされて……あ、あああっ……）

ヒクッ、ヒクッと襞スジが引き攣りだすのを少女は自覚した。止めどない小刻みなアクメは、快楽神経の中枢を犯し尽くす。脚の指先からピクピクと痙攣が始まるのを感じていた。

「ちょ、ちょっと待って！　ドライオーガズムだったら、もう遥姉さんに手は出さないでちょうだい……あんんっ、ああ、あ、あ、あああああっ……」

まるで遺言のような哀訴を残し、美少女の総身は昇天を迎える。機械人形のように震えだし、獣のような嬌声がいたいけな裸体から発せられる。

艶めかしく大振りな乳房と尻たぶが揺らめくなか、詩織は禍々《まがまが》しく子宮に埋まり込む肉棒を引き千切る勢いで締めつけた。

（あううっ、ああ、ダメェ、イッちゃう……）

朦朧とする意識のなか、少女の子宮でブルッと爆ぜた怒張の先端からは、熱い白濁液が鉄砲水のように噴き出した。マグマのような子種の塊を注ぎ込まれた少女は、姉の眼の前で、淫霧を噴射してしまう。

「な、何なのこれ……」

快楽と絶望に沈む美少女の耳元で、進が囁いた。

「ククク、詩織は気持ちよすぎて潮を吹いたのさ。気にすることはない。ただの生理現象さ。約束どおり注ぎ込ませてもらうぜ」

青年の言葉を反芻《はんすう》しながら、詩織は失意の堕欲に意識を失っていった。最後に少女が見たのは、遥の戦慄する表情と密合した場所から逆流する精液だった。

（もう、ダメ……ごめんなさい、遥姉さん……）

ガクリと透き通るような白い裸体の首が落ちた。溢れかえる汗に紛れて、一筋の涙が少女の頬を伝った。

第三章　屈辱の喪主挨拶

1

一ノ瀬誠の喪主挨拶をしなければならない。進がやってくる前に、倉持遥は一ノ瀬太郎に挨拶の内容を考えておくよう言われていた。

ところが、跡継ぎとなる進の鬼畜ぶりに圧倒され、喪主の立場を忘れていた。

（ああ、詩織まで気を遣ってしまって……まるで、誠さんの葬式ではないみたい）

無残に高校の制服を引き裂かれ、三女のスレンダーな肢体までも無残に犯されてしまった。あとずさりした遥の眼前に、ドサリと詩織の引き締まった裸体が横たえられる。

「詩織！　大丈夫なの？　進くん、あなたは何てことを……いくら慣習とは言っても加減というのを知っているでしょう！」

憎悪の念が悲しみと共に、遥の心の底から沸々と湧き上がる。

仇敵を睨む義姉の視線も、進は意に介していないようだった。むしろ、今まで我慢していた鬱憤を晴らした清々しい表情を浮かべているようで、なおさら、遥の癪にさわった。

息を弾ませながら、進は冷血な獣の光を瞳に宿した。

「義姉さん。怒る元気があるなら、妹たちを身代わりにしないことだ。由果、詩織が気を遣った以上、遥さんに相手をしてもらうしかないんだけどね」

その言葉に詩織の裸体がピクッと鋭く反応した。

（はああっ、あんなにも二つの穴を拡げられて……）

筋肉質に締まった若尻の穴は前後ともピンクの裏肉を捲り返されている。凄惨《せいさん》な抜き差しを物語り、つい眼を逸らしてしまう。

「ほら、遥義姉さん。読経も終わったし、喪主の挨拶、挨拶」

急き立てるように進は遥を促《うなが》す。

「でも、挨拶って誰もいないじゃない！　する必要がないわ」

義姉の当惑をよそに、四方から轟音に近い足音が迫ってくる。

「え、えええ、そんなっ、こんなにたくさんの人が……」

どこに潜んでいたのか、一ノ瀬家の親族と思《おぼ》しき連中が出現した。彼らは喪服姿にキチンと身を包み、和室を取り囲むように腰をおろしていく。誰も部屋には入ってこない。

(この方たちは本当に一ノ瀬家の人たちなのかしら……慣習なんて……)

遥は心配そうに由果と詩織に気を配りつつ、ゆっくり立ち上がった。すると、不思議なことに歓声が起こった。

「ほおーっ、あの美人が誠くんの奥さんだったのか。そりゃあ、進くんが狙っていたのもわかるわい」

生々しすぎる感嘆の声があちこちからあがった。

(こんなにたくさんの方々が見ている前で挨拶するなんて……)

ハーフとも言われる、遥の美貌が桜色に上気する。

もちろん、緊張感からの羞恥心ではない。

「進くん、あなたは関係ないはずよ。後ろに立たないでちょうだい」

思わずマイクの電源を入れた状態で呟いた遥の言葉に周囲はドッと湧いた。

十畳の和室には、献花台が設置されていた。その手前に誠の眠る棺桶がある。さらにその前に、由果と詩織が入っている棺桶が置かれている。三つの棺桶がトライアングルを築き上げ、その内側にマイクスタンドが立っていた。

（この子が大胆な行動に出ませんように……）

遥は心から祈った。

周囲からは臀部をまさぐられる程度なら見えない状態にあった。

もちろん、進は遥の哀訴など歯牙にもかけなかった。

「まずは、みなさんに遥の綺麗な身体をお披露目しないとね。安心して。いきなりナマ挿入、ナマ中出しなんて、下品な真似はしないから。コンドームをつけて、義姉さんの性感帯をしっかりチェックさせてもらう」

「ぜんぜん、わかっていないじゃないぃ……私は挨拶をするだけで……あううっ」

おぞましい感覚が喪服越しに臀部へ走り、遥はビクンと全身を硬直させた。

「ふふふ、感度が高いね。あまり虐めたくないから、ゆっくり挨拶をしていなよ。その間に、俺が丁寧に剝いてあげるから」

「リンゴの皮を剝くみたいに言わないで！」

（この子ったら、股間のモノまで押しつけてきて……）

ゴツゴツとしたモノが熟尻を窪ませていた。遥は忌々《いまいま》しくヒップを振り立てるが、進がそれくらいで諦めない性格だとわかっている。

「えー、このたびは……」

吹っ切れる思いで、遥は真後ろに立つ凌辱者を忘れて、挨拶だけに集中しようと心を鬼にした。臀部に進の手が張りつく。軽いタッチにもかかわらず、義姉は思わず総身を震わせてしまう。

「誠さんは非常に優しい方でした……ううっ、手を離して」

妖艶な女の呻き声がマイクに拾われ、周囲に拡散した。遥は慌てて参列者を見渡す。別段どうという反応も示さない。それが、未亡人にはかえって不気味に感じられる。

背後にいる進が嬉しそうに囁く。

「全員、一ノ瀬家の人たちだからね。この場が何のために用意されたのかわかっているのさ。父さんも言っていただろうけど、気にする必要は俺たちの間には何もない」

「進くん。俺たちって、誤解されるような言い方はやめてちょうだい」

進と遥の掛け合いは、すべてマイクを通して筒抜けになる。改めて、遥は白い首筋を朱色に染めて、周囲を見渡した。喪服に身を包んだ参列者は、一様に神妙な顔をしていた。

（何、何なのよ、この人たちは……これが異常だと思わないの？）

未亡人は違和感よりも怒りを覚えた。

すかさず、背後の進がため息をついた。

「だから、言っただろ？　もし、遥義姉さんが喪主の挨拶を放棄すれば、彼らは騒ぎ立てたり、訝《いぶか》しげに思うだろうね。ほら、続けて……」

「ううう……誠さんは優しいだけではなく、頼もしさに溢れた……」

鋭く尻たぶを振り立てると、進は裸体のまま遥に抱きついた。胸部を擦られながら、布ずれの音が女の鼓膜を擽る。本来なら、すぐにでも立ち去りたい屈辱を呑み込んで、遥はマイクに話しかけた。

「やっぱりペッタンこになってる。義姉さん、晒しを巻いたの？　あれはオッパイの形を崩すからやってほしくないんだよなぁ。下着を穿いているのはショーツだけかぁ。まさか、すっぽんぽんの上に喪服を着るはずはないだろうから」

喪主の挨拶を挟んで、進が卑猥に話しかける声もすべて拡声される。

（ううっ、ここは我慢よ。こんなところで怒っている場合じゃないわ……）

由果や詩織の被虐の姿が姉の瞼に蘇る。由々しきことだが、いきなり不満をぶちまければ妹たちの犠牲が露と消えてしまうのは、明々白々だった。

黙り込む喪主に、葬儀担当者の一ノ瀬太郎が挨拶を促す。部屋の隅にあるスピーカーから、咳払いが響き渡った。

「失礼、遥夫人。挨拶を進めてください。事前に所要時間をお伝えしております。それとも、喪主としての挨拶は五分で終了ですか？」

そのとき、周囲から失笑とも蔑《さげす》みともつかぬざわめきが起きた。

（こんな屈辱的な目に遭うなんて……この人たちは葬儀を何だと思っているの！）

我慢できない怒りに、二十七歳の淑女が唇を嚙む。

（おまけに、お義父様もずるいわ。どこかに姿をくらましているだなんて）

まるで、遠隔監視されている気分に遥の絶望感は増幅した。胸の内に用意していた挨拶の内容がバラバラに散らばってしまう。欠片を拾おうとすれば、背後の凌辱者が容赦なく邪魔をしてくる。

進は不思議そうな声色《こわいろ》で呟いた。

「喪主挨拶の意味は、父さんも説明してなかったみたいだね。たぶん、俺から話すのが慣習なんだろうな」

「何を言ってるの。葬儀に参列した方への御礼と感謝を述べることでしょ。喪主としての挨拶は、本来、それ以上でもそれ以下でもないわ」

麗美な眼差しを進に向ける。背後から抱きついてくる変質者への蔑視を込めて、遥は睨みつけた。腰の帯留めはほどかれていた。

汗に上気する進は、頓着せずに飄々《ひょうひょう》と笑う。

「一ノ瀬家の慣習に従う葬儀では、最優先に死者への別離を意識する。特に、今回は跡継ぎのこともあるから、喪主の挨拶も意味合いが変わるんだ。いちおう、遥義姉さんは誠さんへの挨拶も済んだんだろ？」

念を押すように言われて、遥はたじろぎながら頷《うなず》いた。

「ええ。でも、喪主の挨拶に二時間なんてありえないわ。誠さんとの思い出や参列者の方々への挨拶にしては長すぎるのよ」

周囲の反応など気にする場面ではないと開きなおった。

(もう誠さんへの挨拶も済ませたし、異常な慣習に一言いわないと気が済まないわ)

誓約書へのサインと、妹たちが受けた凌辱は違う。未亡人の怒りはピークに達していた。名家ならば、厳粛で神聖な儀式にするべきだと口を開こうとした矢先、進がハッキリと宣告した。

「倉持遥さん。あなたは、婚姻届けを出していない。一般的には、事実婚ではなく『同棲』というのが正しい表現だ。勘違いしているのは、義姉さんのほうだろ。その不貞の輩《やから》に鉄槌を打ち込み、引き継ぐ俺の身にもなってよ」

先を制され、遥は何も言えない。

「あっ、いやっ……何をする気なの!?」

クルクルと帯を解かれて、未亡人は慌てて喪服をおさえた。周囲の視線が気になり、俯く顔を男に摑まれる。

「義姉さんも薄々は気づいているんだろ？　一ノ瀬家の親戚を安心させるために、子作りセックスをお披露目するのさ。俺が跡継ぎになる器だと納得させるんだ」

遥の身体中に羞恥の嵐が吹き荒れる。わなわなと唇を震わせ、美貌を背けた。常軌を完全に逸脱した話についていけず、理性は機能不全を引き起こす。

「そんな話は聞いていません。そもそも、進くんと子作りをしなければならない理由が意味不明なの。おまけに、由果や詩織を散々に弄《もてあそ》んで……凌辱するのが慣習ではないはずよ」

涙が溢れて、遥の頬を濡らす。必死の哀訴を繰り返す遥の喪服の前が開けた。

進はゴクリと生唾を吞み込んでから、右手を挙げた。スピーカーから一ノ瀬太郎の冷静な声が部屋に木霊する。

「サインいただいた誓約書にも記載していますが……当家の一ノ瀬誠と性的な接触が

なく、子をなさなければ問題なかったのです。ところが、事実はそうではなかった。ご姉妹に関しては、借金の清算です。遥さん、妹さんが担保もなく当家から金を巻き上げているんですよ。これこそ、信義にもとる由々しき問題でしょう？」

ゆっくり進が左手を挙げると、太郎は説明を止めた。

「名家の御曹司に手を出した清算だと諦めて、義姉さん。俺たちにも面子《メンツ》があるんだよ。遥義姉さんは拒否したけど、慰謝料の件は由果や詩織から要求があったんだ」

「嘘よ……あの子たちは他人のお金を当てになどしないわ、あんっ、いやっ！」

開けた喪服の隙間に青年の手が差し込まれる。パンパンに締めこんだ晒しのピン留めを外されると、純白の絹布が解けていく。押さえ込まれていた白肉が、風船のように丸みを帯びていった。

「諦めろよ、遥義姉さん。ほら、喪主の挨拶を続けよう……ちなみに、義姉さんは喪主代理で、俺が喪主を務めているんだ。じゃあ、義姉さんの挨拶は終わったから、俺が挨拶する」

裸体の進がマイクスタンドの前に立った。

一瞬、周囲の空気に緊張感が走る。参列者の表情は固く、伺いを立てるような眼つきになっていた。あぐらをかいていた連中も、正座に座り直す。

「一ノ瀬誠の弟、一ノ瀬進です。兄の夭折《ようせつ》は非常にショックなものであり、正直ボク自身もしっかりと受け止められていません。しかし、後ろを振り返ってばかりいても仕方ありません」

一度、言葉を区切り、進は淫らな姿となった遥を抱き寄せる。

「彼女の挨拶をもって、一ノ瀬家の当主は僕が務めさせていただきます。中には、若輩者が跡継ぎになることに心配もあると思います。そこで、厳粛に一ノ瀬家の慣習に従い、ここで跡継ぎの儀式をお披露目いたします」

次の瞬間、周囲の雰囲気は様変わりした。葬儀の厳粛な空気が吹き飛び、老若男女、紳士、婦人問わずジロジロと遥の肢体を見つめだした。

「進くんよぉ、もったいつけないでくれ。そのフェロモンむんむんの清楚なお嬢さんとのセックスを見せてくれよ」

高貴な雰囲気の老人が、あられもない言葉を平然と吐いた。

(セックスって、みんなに見られている中で進くんと私が!? 冗談じゃないわ)

遥は進を突き放し、その場から逃れようとする。しかし、周囲を参列者に取り囲まれては、逃げる場所もない。おまけに、人質のごとく妹たちが棺桶に収納されていた。

「あまり焚きつけないでください。清楚で高潔な性格の女性ですから、恥を晒すことに慣れていないのです」

立ちすくむ遥は腕を取られて、マイクスタンドの前に戻された。いつのまにかマイクスタンドの数は増え、二人の淫音を拾い上げようと鈍い光を発していた。

進は背後から喪服の隙間に手を入れてくる。零れんばかりのむちむちした熟乳をやんわりと揉みたてられる。その感触に鳥肌が立ち、遥は抵抗しようと身体を捻った。

(嫌よぉ。こんな場所で進くんに犯されるなんて……)

凌辱の覚悟は遥もできていた。妹たちが身代わりとなり、凄惨な抜き差しで気を遣ったのだ。誓約書に署名し、淫戯に身体を差し出すことも致し方ないと覚悟していた。

しかし、無数の視姦の中でレイプされるなど、遥は想像もしていない。

「進くん、お願いだからやめて……こんなのって、おかしいわ。あなたなら、場所や時間を変えることができるはずよ……ううっ」

苦悶に喘ぐ妖艶な吐息がマイクに拾われ、エコーを効かせて反響する。参列者からは歓声があがり、女体に淫らな視線が突き刺さった。

(どうすればいいのぉ……ああ、いやあっ……)

男の手つきは非常に緩慢だった。妹たちを手籠めにしたときとはまるで違った。観衆に見せつけることを意識したものだと悟った。

「ふふふ、何を今さら恥ずかしがっているのさ。逃げ道もないし、僕に委《ゆだ》ねてくれないかなあ。皆さんにも楽しんでもらわないといけないからねぇ」

中途半端に開いている漆黒の喪服を進は剝ぎ取ろうとしない。ふっくらとたわわに実る乳房もさわさわと触れる程度だった。

(私の反応を周囲に見せたがっているんだわ……)

遥には進の思惑が何となく伝わってきた。声なき声の命令に従うしかなかった。悩ましく美貌をのけ反らせる。二重の瞳を切なそうに震わせて、流し目に細めた。

「ふふふ、演技が上手《うま》いねぇ。ストリッパーでもやったことあるのかな。少しでも親戚連中を満足させられたら、ボクの抜き差しも喰らわずに済むかもね」

暗闇の縁に微かな希望の光を灯すように進は耳元で囁いた。

「本当に!? ああんっ、約束してちょうだい……ふううっ、んんんっ」

抱きすくめられた義姉は、クネクネと肢体をよじらせて甘く息を吐いた。

「観衆のオーダーに応えられたらね」

付け加えるように進は呟き、酷薄にほくそ笑んだ。

(え、オーダー? 応えるって何よぉ……)

どこかに逃げてしまいたい羞恥に晒されて、遥の裸体から汗が噴き出す。しばらくの間、妖艶に肢体をよじらせる熟女へ参列者から容赦ないリクエストが飛び出した。

「進さんよぉ、まさかそれで終わらせるつもりじゃねえだろうな！」

ハッと義姉が視線を向けると、いかにも女好きそうな老人がスーツ姿で胡座《あぐら》をかいていた。濁った瞳はどす黒く光って、遥の裸体を舐めるように眺めている。

すかさず、部屋のスピーカーから太郎の声が響く。

「参列者の皆様。発言とオーダーは挙手してからお願いします」

それは、淫戯に対する観衆の昂りを諌《いさ》めるものではなかった。罵声を飛ばした老人はサッと挙手したあと、大声で言った。

「まずは、遥さんを全裸にしてくれや。すべてはそれからだ」

品格の欠片もない言葉に、遥の心臓は止まりそうになる。

しかし、周囲の秩序は歪みつつも守られていた。老人のオーダーがあったあとに、リクエストの嵐が起きるわけでもなく、静寂さを取り戻す。

一ノ瀬家の当主は、誠実に対応した。

「じゃあ、倉持遥さんの裸体をご披露しましょう」

ゆっくりと青年の手が遥の喪服を摑む。

「やめてよ。何で言いなりになるの？　進くんは当主でしょ。無視しなさいよ」

未亡人の発言になど、進は聞く耳を持たなかった。遥が肢体に両手を回すと、乳房を撫でていた指が鷲の爪と化す。むにゅむにゅと激しく揉みたて、ググっと握りこむ。指の間から白肉といっしょにはみ出した熟蕾を挟み潰す。

「いやああっ！　ひぎいっ、んんんっ……んああっ！」

おぞましくも滑らかな刺激に慣れていた熟女は、艶めいた悲鳴をあげる。ピリッと強い刺激を呑み込むと、指腹が乳首の側面を擦り立てる。

「義姉さんは乳首が弱いんだよねえ……よく兄さんにチューチュー吸わせていたからな。てっきり授乳しているのかと思ったほどさ。でも、あれでオッパイがけっこう大きくなったんだよ」

「ああっ、恥ずかしいこと言わないでぇ……そりゃ、あの人がそういうプレイを好んでいたのは確かだけど……あああんっ、いやっ、弄らないでぇ！」

性感帯の局所を突かれて、淫らな寝屋の思い出を語られ、美女はかぶりを振った。コリコリと充血する紅芽の感触を楽しむような指責めに、思わず喘ぎが漏れる。

おおっと周囲から歓声があがり、未亡人は羞恥を駆り立てられた。

「ククク、すっかりしこっちゃった。素直に喪服を脱がないからさ。ここまできて、まだ粘るつもりかい？　まあ、それもいいけどさ」

「あ、ああんっ……ちょ、ちょっと進くん！　義姉を何だと思ってるの、ああ、そこはダメだってばぁ……」

クンッと遥は膝をついて美貌をのけ反らす。強い刺激だけでなく、緩急のついたしなやかな波長の責めに、全身の力が抜けていった。

すかさず進は正面から義姉の肩に両手を置いた。するりと肩口から撫で下ろし、漆黒の布地を剝ぎ取った。プルンと斜め上方を向く乳首から、芸術的な曲線を描く双球が艶めかしく揺れた。

「ああ、黒のショーツが残っていたかぁ。義姉さんが自分で脱いでくれるといいんだけど……剝がすしかないか」

「いやあっ！　そこはダメ。絶対にいやあ！」

「妹たちと同じようなことを言うなよ。諦めが悪いなあ……」

両手で秘裂を隠す遥に、進は舌打ちした。女体を仰向けにすると、膣陰ではなく、脚先からペロペロと舐めはじめた。

（ううう、この子は私の性感帯まで隅から隅まで調べ上げているのね……）

一挙手一投足まで青年に把握されていると想像して、熟女の胸は縮み上がる。

肉感のあるふくらはぎに舌を這わせ、進は口調を別人のように変えた。

「ママさあ、アソコを隠している場合じゃないよ。オッパイ丸見えじゃん。マ×コ隠してビーチク放置するの？」

「え、ああっ、ううっ、ふうんっ……いやああっ……」

剥き出しの双球に遥は視姦を覚えた。仕方なく片腕で熟房を隠す。尖《とが》り勃《た》った乳首を改めて体感する。

（この子のせいでこんなにコリコリになってる……）

常軌を逸した場所では性感など消え去ると考えていた。だが、進の指腹に女欲を叩き起こされ、乳頭は膨れている。痴態を晒すことに美女はショックを受けた。

「遥義姉さんが言うとおり、兄さんは赤ちゃんプレイが好きだった。一ノ瀬家の当主として、どうかとは思うけど。ただ、義姉さんが興奮するなら話は別だ」

トロトロと唾液を太ももにまぶして、進は秘所を隠す女の手をペロリと舐めた。遥が意地でも譲れないデリケートゾーンだった。

（大勢の人間が見ている前で、晒すわけにはいかないの！）

黒のショーツ一枚だけにされた遥は、すでに一ノ瀬家の慣習など忘れていた。

「いや、離れなさいっ、進くん！　恥をかかさないで……」

蚊の鳴くような声で哀訴する遥をチラリと進は見上げた。

「義姉さんは勘違いしているね。ボクは兄さんの代理なんだよ。これはね、兄さんとどういうセックスをしていたのか、一族に説明するためにやっているんだ。だから、後ろ向きな態度はよろしくない。ほら、これを見てよ」

青年は赤黒く膨れ上がった切っ先に厚みのあるコンドームをあてがった。これ見よがしに、安全と主張して、根元までゴムを装着した。

嘘に決まっていると熟女は主張する。すると、部屋隅のスピーカーから一ノ瀬太郎が説明を始めた。

「残念ながら、進の主張はまったくの出鱈目《でたらめ》ではありません。名家の御曹司が遥さんとどのように交尾して、子をなさなかったのか。この点は、実演で説明するのが一番納得を得られるのです。何事も百聞は一見に如《し》かずと言いますから」

思いがけない説明に、遥は理性を揺さぶられる。正常と異常の境界線が曖昧な世界に踏み込んでしまったと改めて悔やんだ。

進はさり気なく言葉を重ねた。

「兎にも角にも、産まれたままの姿になってもらうのが先決だ」

パッと秘所を隠す遥の手首が摑まれてしまう。進は抵抗する女の力を利用して、肩の自由を奪った。慌ててもう片方の手が男の腕に伸びる。

その瞬間に、遥の乳首が進の唇に吸いつかれた。身体を捻る間も与えられず、強烈にバキュームフェラされる。薄皮にいっぱい詰め込まれた熟脂肪がグニャッと歪み、美女はわめかんばかりにのけ反った。

（そんな強いの……ダメェ！　はんんんっ……んあっ！）

「うぐううっ、勝手になさい！　もう、進……遥義姉さん、悲しいわ」

屈辱感に涙が遥の目尻に溜まる。甘い疼きが胸からひっきりなしに肢体を高揚させるが、二十七歳の熟女は必死で噛み殺した。そして少しでも興奮を悟られまいと、ギユッと瞼を閉じた。

「こんなに綺麗なのになぁ。悲しいのはわかるけど、義姉さんはボクのこと嫌いなの？　兄さんの弟だから可愛がってくれたの？」

コロコロと進は口調を変えた。ただ、遥がふと見上げると、進はふだんの幼さの残る双眸を瞬かせていた。彼が義姉に甘えるときの癖であった。とかく情緒不安定だった進を、遥は己が胸に抱きしめたときもある。

「嫌いだったら、あなたに対する気持ちなんて言わないわよ。進くん、ここまで由果や詩織も凌辱する理由は何なの！　妹たちもあなたを好きだったはずよ……」

切なさが母性愛となり、遥の胸に迫った。声を詰まらせて、青年の情緒に訴えかける。進は遥の両腕から手を離すと、恐るべき理由を語った。

「詳細はあとで話すつもりだったけど。兄さんが優しすぎたからかな。一ノ瀬家の慣習では、妻の姉妹は性奴隷に堕とさなければいけない。一族を守るためにね。だけど、兄さんは中途半端に利用されてしまったんだ」

語り終えると、進は遥の豊かなふくらみから股割れに顔を移した。遥は義弟の頭に手を当てて押しのけようとする。熱い鼻息が黒い恥毛を濡らし、秘粘膜を刺激した。

「はあんんっ……誠さんを由果たちが利用していたなら謝るわ。ううっ、誠さんが由果や詩織を家に招いたのも、手籠めにする目的だったと……あううっ！」

信じられないという表情で遥は進を睨んだ。

「死人に口なしさ。その答えは永遠に出てこない。僕は僕なりに答えをみつけるだけ。中途半端が嫌いなタイプなんだ。こういうふうにね！」

「あううっ、いやああっ！　それはやめてえ……あ、あ、あああっ！」

サッとすばやくショーツを剝ぎ取られた遥は、太腿を閉じようとする。だが、膝頭を義弟に摑まれると、たやすく割り裂かれてしまう。

（ああ、この感じは誠さんのリズム……まさか……）

懐かしささえ蘇る舌の動きに、遥の豊満なヒップが色っぽく跳ねた。舌腹で花弁を舐めあげられ、舌裏で掻き下ろされる。きつくもなく、物足りなくもない一定のリズムを満遍なく刻んで、舌肉がラビアで躍動した。

「誰かさんを思い出すでしょう、遥義姉さん。セックスの癖やパターンはすべて録画してあるし、遥義姉さんの身体の隅々まで観察済みさ」

「あぐうっ！　ああんっ、どうしてぇ、気持ちよくなりたくないのにぃ！」

詩織よりも一回り脂肪ののった遥の裸体が左右にくねる。ふくよかな双球が重たげに振れて、キラキラと汗が煌めきだす。

「ククク、何かドロッとしたものが出てきたな。何だこりゃ」

鬼の首を取ったような進の言葉に、遥は顔を反らした。舌肉で熱いヌメリと唾液を膣口で掻きまわされ、熟女の口端から喘ぎが漏れる。

「義姉さん、誰のリズムと比べているんだい？　クンニリングスをさせる男なんて、ボクの中では一人しかいないと思うけどね……」

悪戯っぽく青年は嗤《わら》う。

右手の甲を口元にあてがい、遥は顔を背けた。ジンジンとほんのり小さな疼きを熟膣に覚える。腰をくねらせながら、堪《こら》えるしかないと決心した。

（よがり声をあげて、反応すれば進くんが喜ぶだけだわ……）

進の精力も限界があるはずだ。これまでまともに休息していないのは、二十歳の雄々しさに他ならない。だが、底なしのスタミナさえなくなれば、欲情も波が引いていく。最小限の反応ならば、戦意をくじかれるはずだ。

そう、遥は思い定めた。

「黙秘するつもりだね……いいだろう。誘導尋問はよくないからな。ただし、兄さんと同じセックスと認めるなら、アクメにイクときはそう言うんだよ！」

舌肉の蠢きを進は再開した。敏感な爛熟した粘膜をゾロリとなぞりだす。

「ふうっ、んんんっ……」

爽やかな水音が粘着性を帯びて、未亡人の鼓膜へ届く。いじらしいほど丁寧な舌遣いで、滑らかに舌肉が刺激を送り込んできた。

（本当に誠さんから嬲られているみたい……）

念入りに女体が昂らないと抜き差しに意味はない。亡き夫の寝屋の哲学を愚直に遂行されていた。トロリと子宮から絞り出される淫涙をチュッと吸われる。

（ああ、だんだんとクンニリングスの勢いが増していく……）

妖艶極まる長女は、「型」へのこだわりが三姉妹で一番強かった。性戯も例外ではない。むやみやたらに責め嬲られても容易に堕ちない自信すらあった。

進は嬉しそうに唇で肉芽を突いた。

「大きなクリトリスだね。ここまで育てるのは時間がかかったでしょう。兄さんの根気強さがなければ、無様に腫れ膨らむだけだから」

愛する夫を引き合いにされて、義姉はつい反応してしまう。

「変なこと言わないで……誠さんは関係ないわ。ああんんっ、生理的な反応に過ぎないの。何もかも結びつけるのは、お兄様に失礼でしょ」

そういうものかな、と進は舌肉の蠢きを止めた。溢れ零れる愛液をチュッ、チュッと吸い出した。粘膜への刺激が強くなるように吸引力が強くなっていく。

(この子は、本気でアクメに堕とそうとしている)

緩急をつけない一定のリズムこそ、熟女の泣きどころだった。それは、単調な旋律とは異なっている。昂ぶる女体は、変化ない責めを通じて淫欲の上昇を自覚する。

「チュッ、チュウウッ、んぅ……じゅうぅ、ん、んっ！　チュウッ、チュチュッ」

馬鹿の一つ覚えのような嬲り方ではなかった。

膣前庭を弱く吸い込み、ドロリと愛液が膣から溢れる。すると、水飴を卑猥に啜った。巧みに唇肉でクリトリスの横腹を擦り叩く。

(きちんとこちらのリズムに合わせている……そんなの、誠さんしかできないはず)

義姉が大事にするリズムは己が淫欲の高揚感だった。嫌でも二十七歳の女体は男を知っている。隠れた肉悦の蕾を開花させるのは、淫戯の同調だった。

妹たらの肉悦を炙りだす進の淫戯は、狡猾《こうかつ》であれ彼自身のペースだった。

（リードする腰繰りでは肉欲は昂らない。ある一線までは生理的に反応しても、私しか感じえない快感に合わせられなければ堕とされない）

性感帯を突かれて、恥辱をあしらえると、熟女は安心していたのだ。

「ククク、奥ゆかしさのある清楚な未亡人が、亡き夫の前で愛液を滴らせるとはねぇ……少しは骨があるかと思ったけど、義姉さんもただの牝犬か」

詠嘆を込めて青年は首を振った。

（ううっ、いい気になって！　でも我慢よ……変に反応すれば……）

凌辱者のたくらみどおりになってしまう。火が火を呼び炎となり、あっという間に淑女は淫欲に呑み込まれていく。熱しやすく冷めやすい若い詩織と違い、ふだんは熱しにくい熟れた身体は、燃えあがれば冷めにくい。

「あっ、そこダメぇ……んんっ……チロチロと舐めちゃいや」

蚊の鳴くような声をあげて、遥は目の前に迫り上がった白い乳房を見た。そこには進の相貌が埋まっている。先ほどのような突飛なついばみとは違い、丁寧に唾液を乳首へ絡ませていく。

「ふふふ、兄さんに乳首を舐められるときは、もっとリクエストしていたね。ボクでよければ、何でも言ってよ。ねえ、遥ママ」

ママと呼ばれて、遥はドキッと肢体を震わせた。先ほどとは違い、安易に聞き流せなかった。切なさと母性愛、くわえて膨らみだす未知の期待に裸体が揺らめく。

（くううっ、ダメェ、遥の身体が昂ってしまってるのぉ……誠さん以外の男に責められて興奮するなんて、あってはならないことなのにぃ……）

反射的にむっちりした太ももを美女は閉じる。桃尻が熟れた脂をのせ、重たげに波を打った。グッショリ濡れた秘裂からジクジクと掻痒感が果芯を焦がす。

「ママのオッパイは、詩織と違うね。みずみずしくて形が整っているのは変らないけど、フェロモン濃度が違うな。剝き出しなのに。やっぱり、オッパイとママの綺麗な顔がセットにならないと駄目なのかなあ」

「ううう、お願いだから、変なこと言わないでちょうだい……どこにでもあるオッパイよ。つまらない煽りには乗らないわ……はんんんっ！」

精一杯の反抗心を遥は口にした。艶めかしく乳首を舐める義弟から、戦意を奪うつもりだったが、その舌先はより繊細に蠢きだす。

「熟れた紅い乳首がプックリ大きくなった。ママは強引ながぶ飲みを嫌がっていたねぇ。そうすると、熱しかけた性欲はあっさり萎えてしまうんだ。兄さんも苦労していたなぁ。女心は難しい……」

ネットリと唾液を纏った舌先がツツッと朱蕾にくっつく。絵筆で撫でるように、乳首の裾野をグルッと回った。焦らすような刺激が遥の壺に嵌まる。

「やめてぇ、はんんっ、んんっ、あ、あああっ……ゾクゾクくるぅ……」

一文字に結んでいた唇が割れ、二十七歳の未亡人は甘い吐息を漏らす。

それまで、固唾《かたず》を飲んで見守っていた周囲の参列客から、ため息のような歓声が沸き起こった。安心と邪欲に歪んだ一族の目つきがいっそう淫らに光った。

(参列者も、私たらをしっかり観察しているんだわ……)

喪主の挨拶から逸脱した行為にも、非難の声はやってこない。それどころか、一ノ瀬家の当主が年上の女を手玉にとる様子に、眼を細めている輩も確認できた。

進は周囲の視線など気にせずに、遥の股割れへ片手をすべり込ませる。

「いやっ……本当にやめてちょうだい……義姉さんはそれが一番駄目なの」

もはや、何を言っても受けつけないと百も承知のうえで、遥は進に哀訴した。周囲にはいくつものマイクが散在している。その一つに淫語を拡声された。

「それが駄目なの……」

熟女は頭が真っ白になる。進はクスクス笑い、黒芝を撫でさする。カールする恥毛が薄くなった肉割れに、進の中指が食い込んだ。

「ああ、はああんん……んんあっ、指を入れないでぇ、動かしちゃいやあ！」

真っ白な陶磁器の肌に赤みがほんのり差す。クレバスを割り裂く水音が女体から発せられた。何もできない遥は、ただ恥辱に熟れた美貌を震わせる。

（どうして、淫らな反応を……ああ、声を出しては駄目なのにぃ……）

口元に運んだ右手は意味をなさない。艶っぽい喘ぎ声が熱く空気を湿らせた。遥は裸体が止めどなく火照っているのを認識する。

クチュ、クチュクチュと指で愛液を掻き混ぜられた。焼き鏝《ごて》を押しつけられるような強烈な肉悦に快楽は昇華した。

（指の使い方まで、誠さんと同じ……）

「雪肌の外見だけだと、冷めているように勘違いする。ところが、女のワレメで塩梅を調べればかなり昂っている。だったら、一気にスパートをかけたくなるんだが、奥ゆかしい肉院は、浅はかな奉仕を嫌うんだ」

ブツブツと独り言を進は並び立てる。告知どおりに指は義姉の膣肉まで伸ばされない。小陰唇をくつろげると、膣前庭まで赤肉をぐるりと撫でていく。

やがて、きめ細かい雪肌がしめやかさをさらに帯びる。熟女の隠れた毛穴から昂りの淫汗が噴き出す。挿入された指腹が裏肉をヌルッと叩く。

「はあんっ、いやあっ……意地悪しちゃいやあ、進くん、ダメェ！」

熟女に似つかわしくない可愛らしい声を立てて、遥は腰をくねらせる。プルプルと双房が揺れ動き、餅肌がいやらしく跳ねる。ゆたかなふくらみの先端を咥えられているため、遥の胸元にピリピリと紅い電流がほとばしった。

「ここが一番のポイント。快楽に泳がせつつ、満足させてもいけない。義姉さんはアクメに飛ばなくても、自律心で押さえ込む癖がある。そうさせないために、テグスをもう一本増やす」

不気味な独り言は継続した。秘裂の痴肉を圧し、トロトロと乳頭を舐めしゃぶる。結《ゆ》い上げた髪を転がし、遥はキュッと眉根を寄せる。

その一瞬に進はもう一方の熟房へ手をすべらせた。むにゅりと脂ののった丸みに指は沈みこむ。無理に鷲摑みにせず、深紅の腫蕾の先端へ人差し指の腹が乗る。やんわりと中指と親指が側麓に置かれる。

「ひい――んっ、はっ、はあぁ……ふうぅ、はあ、あぁぁ、ああ、痺れちゃうう」

側位に落ち着いた遥は、裸体をヒクヒクと動かす。しかし、ユサユサと左右に身体を振ろうとは思わない。三点から快楽を送り込まれ、太腿から力が抜けた。

そのとき、拍手が起こった。

「ご覧のとおり、彼女は男に過大な奉仕を無意識に要求する。これでは、仕事帰りでくたびれた兄もセックスする気を失くすでしょう。だから、ここ数カ月はセックスレスの生活を送っていました。しかし、問題は次です」

遥は内心、舌を巻いた。進は二十七歳の義姉を籠絡《ろうらく》しながら、参列者に説明をしている。妹二人を昇天させたあと、ここまで丁寧に夫のプレイをコピーするとは、想像すらできなかった。

さらに、進は義姉も知らない事実を明かす。

「なぜ、三点責めが必要だったか。清楚で高潔な女は、セックスで大食いなタイプが多いとも言われます。遥義姉さんもそうでしょう。ただ、そうなる理由があったと確信しました」

周囲は納得したように唸る一方、遥はつい反論した。

「冗談じゃないわ。アタシが大食い女なんて……ああんっ、口から出まかせにもほどがあるわよ。それに、誠さんに非があるような言い方は止めてちょうだい。あの人は何も悪くないの」

進は遥の言葉に頷き、ニヤリと笑った。

(何を企《たくら》んでいるのよ。これだけ好き勝手やっても、まだ気が済まないの!?)

恥という恥を晒した遥の桃尻が淫らに波を打つ。

「いやあっ、バックスタイルはやめて！　誠さんにもしたことがないのにぃ……」

正常位から抱き起された熟尻が迫り上げられる。

「ククク、いい尻をしているなぁ、おい」

ゆっくりと尻肌を撫でられて、遥の美貌は真っ赤になる。

(喪主の挨拶の場で、そんなこと言わないで！)

義姉は美尻に絶対の自信があった。

なぜ、誠に晒す勇気が持てなかったのかは遥自身わからない。いろいろな男たちは事あるごとに、ヒップに視線をやった。当初、誰でも経験することだと自覚はなかった。やがて、同性にも羨ましがられ、遥は己の魅力を知った。

「見てください。ただの蜂尻ではない。肉厚で丸みがあるだけでもない。トップの位置が高いのです。彼女の弛まぬ努力の結晶かもしれません。しかし、これは天性のものであると僕は思います」

卑猥な解説に、未亡人は相貌から火を噴きそうになる。できれば隙を見て逃げてしまいたい衝動にすら駆られる。ただ、愛する夫や姉妹を見捨てるわけにもいかない。

(でも、我慢の限界は遥にもあるわ……もおお、あ、あぐうっ!)

淫裂には指が残っていた。冷めかける肉欲を保とうと指棒は三本に増えていた。忙しなく蜜口を蠢き、ヌルッと膣路まで擦り込んだ。

(無駄なあがきよ……いかに前戯を鋭くしても……)

伏せる牝犬の姿勢で、遥は振り返った。進は周囲の参列者への説明を一段落させる。膣口から指を離し、グイッと桃尻を引き寄せる。

ピタリと怒張を淫口にあてがい、進は周囲に向かって叫んだ。

「僕が遥義姉さんとセックスすることで、皆さんも彼女も納得できると確信しています。では、始めます」

屈辱的な体位の抜き差しを宣告され、義姉は取り乱した。

「いやよ! 後背位だけは駄目なの……やめてちょうだい。喪主の挨拶の場でこんな真似はいやあっ!」

はち切れんばかりの美尻を遥は振り立てた。サイズは詩織といっしょだが、トップの位置が違う。そのため、ふっくらと熟れた脂がのっていながら、見事な曲線を描いていた。

酷薄な笑みを浮かべて、進はゆっくり腰を沈めていく。

ズブ、ズブズブ、ズブリ……。

閉じかける肉扉が破壊され、肉棒が容赦なく熟女に突きたてられていく。

「あぐっ、ううっ、いきなり、そんな……はあああっ、あんんんっ……」

プツッと結い上げた髪の糸が解ける。バサッと流麗なロングヘアが艶々に光る。遥は恥辱に美貌を歪めた。刺し込まれる怒棒に腰が勝手に動いてしまう。

(異常に太くて硬い……鉄みたい)

熟壺が切り裂かれる圧迫感で、遥の美尻が震えた。冷めかけた赤肉が男の猛りに焦がされる。膣襞はヌルヌルした淫らな腺液を出してしまう。狭隘な穴を蹂躙され、妖艶に遥は吠えた。

青年のほうも呻き声をあげていた。

「うおっ、んんんっ……くそ、これほど出来すぎなマ×コとは思っていなかった。ピンポイントで吸いついてきやがる……義姉さん、すごいな」

義弟に背後から犯され、褒めちぎられても、嬉しいはずがなかった。

「どうでもいいこと……はんっ、んんあああっ、言ってないで、早く抜いて! あごおっ、ズシリときちゃううう、いや、いやああ！」

　今まで経験したことのない未知の満足感に震撼した。亡き夫に抱かれるときだけに得られた充足感は消し飛んでしまう。早鐘のように胸が高鳴り、白い腰をよじった。

（うぐっ、すごく重い……身体がバラバラになりそう……）

「進くん、それ以上動かないでぇ。はおおっ、ひ、ひいっ、はんんっ！」

　遠くから不吉な興奮が沸き起こってきた。振りほどこうと義姉はもがく。張りつめたヒップが揺らめき、肉杭を誘ってしまう。

　進はギリッと奥歯を嚙みしめて、剛直を穿《うが》ち込む。

「こんなに刺し口が狭いとは思わなかった。兄さんのは問題なかったのかなあ……きっと無理しないところで我慢していたんだろう。僕はやせ我慢できないんだ、クククク、義姉さんの身体、貫かせてもらうぜ」

　力強い決意に未亡人は気圧《けお》される。前戯のリズムとは別人のテンポに翻弄されていく。しかも、信じられないことに淫欲が昂り、内奥はみるみる燃え盛っていく。

（誠さんは無理ができない人だった……優しかったけど……）

　正直物足りないと感じていた。どこか一線を引いた性戯に無理やり自己満足していたところもある。誠は雄々しさに欠け、太さや長さも義弟に遠く及ばなかった。それ以前に獰猛さや猛々しさを亡き夫は嫌っていた。

「中途半端なセックスだったんだろ？　遥義姉さん。満たされなければ孕むことなどありえない。不完全燃焼な弄り合いの記憶なんて、僕が吹き飛ばしてあげる」

「あぐうっ、勝手なこと言わないで！　ひぃんっ、んんあっ、あが、動いちゃいや。遥の奥に来ないでぇ……お願いだから」

未亡人は振り返ったあと、啜り泣く。どうしようもない女盛りに滾《たぎ》る身体からは逃れられないのだ。義姉は哀訴を繰り返した。端々までピッチリ張りつめた剛直が容赦なく女芯へ侵食してくる。

（ゴム付きのはずなのに、ものすごく熱い……ま、まさか！）

周囲の参列者に進は説明した。

「一番の問題は、遥義姉さんではなく兄さんの性格です。素直すぎるのです。セックスは妥協だけで成立しません。ときには大胆なフェイクも必要です。一発目にゴム付きで結合する。これでは、孕むはずがないでしょう？」

事実を指摘されて、遥はうろたえる。

「どんなセックスだろうが、同意しているの。他人に口出しされることじゃないわ。名家なら何でもありだというの!?」

(進くんはナマで挿入しているの？　いやあっ、早く抜いてぇ！)

義姉は恐怖と不安で押し潰されそうになる。しかし、淫欲が勝《まさ》っているせいか、口に出せないでいた。後背位では、桃尻に隠れる牡棒を確認できなかった。

(がはあっ、中でさらに大きくなっているぅ……)

「うぐうっ！　誠さんが今のあなたを見たら、さぞ悲しむでしょうね。背後から無抵抗の義姉を串刺しにする姿なんて……」

甘い喘ぎ声を漏らしつつ、遥は振り絞るように言った。

「子を望まぬ美女の言いなりに抜き差しする兄さんこそ、気の毒でならなかったよ。義姉さんは兄さんの子を宿したくなかった。違うかなぁ……」

真実を突きつける進に、遥は言い返せずにいた。

(結婚したのも誠さんとの日々を充実させたかったからで……)

赤子を産むために夫といっしょになったつもりはない。二十七歳の未亡人は、夫同様に勤務先を辞めて主婦になる気はなかった。日々の生活を維持するために、遥が経済状況も見込んで下した結論に夫は同意していたのだ。

義姉の哀訴を進は一蹴する。

「だから、同意じゃなくて言いなりというんだよ。一ノ瀬家の当主として、兄の不始末に責任をとる。これは、弔《とむら》い合戦なんだ。満足できなかった兄さんの敵討《かたき》ちを僕がするんだ」

一気に周囲の雰囲気が変わるのを遥は実感した。真実を葬儀の場で晒されてしまった。一ノ瀬家の人間は、凌辱されている義姉ではなく、当主のほうに賛同しているようだった。

(きっと、一ノ瀬家の嫁になることは跡継ぎを産み育てる慣習なのね……)

ふと淫芯から気を逸らした女体に、ヌルリッと肉棒を押しこまれた。

「ああ、あううっ……すごいぃ、ひいん、いやっ、あああっ！」

まるで身体を真っ二つに引き裂かれた衝撃が襲いかかる。無意識に気が狂わんばかりの結合から逃れようと、豊満な裸体が前のめりになった。ヌルヌルッとカリ高な肉槍に襞スジを削られる。

「ククク、逃げてしまいたいだろ？　そいつは契約違反だよ」

背後の凌辱者は無防備な乳房を鷲摑みにした。重たげに揺れるたわわな実りがむにゅむにゅと形を変える。あっさり指が沈み込み、美乳は圧し歪んだ。

「はあんっ、んんあっ……深刺しはやめてえ、ああんんっ、おかしくなっちゃいそうなのよぉ……あううっ」

「へえ、苦痛で気を遣るってことはありえない。もう、僕ので気持ちよくなってるんだ。清楚で高潔な淑女も、一皮剝けば姉妹同様、ただの淫乱女か……」

進は感慨深くため息をついた。

(この子はいちいち癪に触ることを言ってくるわ)

怒りが湧く一方、内奥は蕩け茹っている。数カ月の男日照りも重なり、遥の女盛りは勢いよく燃やされると、手のつけようがなかった。

内奥を抉る肉棒は張りも反りも、文句なしに立派なものだった。

「ああんっ! あっ、あはうっ! 激しいのいや、んんもおっ、あ、あんんっ!」

ズドンと肉杵が振り下ろされ、遥の餅膣を捏ね叩く。グンッと妖艶な美貌が恍惚感を湛《たた》えて反り上がる。

「すごい粘りつきだ。これは慎重にやらないと……」

進は遥の腰を摑み、股間を時計回りに動かした。

「あがっ、どこが慎重なの! あはんっ、遥のお腹が掻きまわされる、ううんんっ」

予測不可能な動きに、義姉の身体は激しく揺すぶられた。ズンズンと天井の搔痒が子宮に燻ぶり、キュウッと胎内が収縮する。

(どうなっちゃうのぉ……)

徐々に遥の視界から参列者の存在が消えていった。ジンと膣奥が熱くなり、野太い肉瘤に意識が引き寄せられ、理性は消し飛ぶ。

ククッと腰を動かす進は、義姉に囁いた。

「堅い女っていうけど、遥義姉さんにピッタリだね。自由奔放なセックスを嫌っている。本来は、気持ちよければ何でもありなのに……義姉さんは想定した快楽しか受け入れられない」

熟れた真っ白なうなじが真っ赤に染まる。悩ましく肢体をくねらせ、遥はぽってりした唇を尖らせる。

「違う、そんなことない……そんなことないはず、うあんんっ、いいっ、んあっ、はあっ、進くんに何がわかるのよぉ……」

何もかも知り尽くしたように言われ、義姉の美貌から悔し涙が滴る。グイッと怒張を引かれると、腰下に途方もない愉悦が走り、遥の仮面にヒビが入りだした。

(誠さん、助けてぇ……ああ、進くんのが凄すぎて私……)

清く美しくありたいと遥は願っていた。たとえ、どんな辱めに遭ったとしても、恥じらいを忘れたら、ただの獣となってしまう。自戒の念を夫は理解し、幸せな時間が流れていった。

（遥の信条を進くんは破壊しようとしている……）

周囲の野卑な視線を受けて、未亡人はバックから犯されている。貞操を奪い、義弟は冷酷に肉棒をヴァギナに突き立ててきた。毒を呑んだつもりで、遥も凌辱を受け入れるつもりだった。

「くうぅ、あっ、あっ！　こんなのダメェ。あ、あううっ、んんあっ」

鉄の信念があっけなく溶かされていく。

（認めない！　こんなの認められないわ……）

遥の信念を身体はたやすく裏切ってしまう。グリグリ媚肉を擦られれば、魂が飛ぶような快感に慄《おのの》き、桃尻が振り乱れる。勝手にペニスを揉みほぐそうと胎内はぞよめきだす。

「クククク、快楽の沼に両脚突っ込んだな。遥義姉さんのアソコはもうトロトロだ。詩織や由果のマ×コと違って、やんわりと包んでくる。そのくせ、咥えこむと離そうとしないんだな、これが」

進は嬉々として、しなやかに腰を繰り出す。

「違うわ、あ、ああんっ……誤解しないで、ただの生理現象よ……くあっ、はあんっ、ううっ、変な動きをやめてぇ……ひいっ、んんっ」

後背位をせがまれた理由を、遥は今さら悟った。

(征服欲を満たすためだけだと思ってた……彼の狙いは……)

誠の痕跡を消し、爪痕を残すこと。想定外の抜き差しに、義姉はようやく進の魂胆を理解した。

(それにしても、何なのよ! この捉えどころのない動きは……)

滅茶苦茶な抽送で済ませられない何かを遥は感じた。警戒心に二十七歳の肢体がドッグポーズで硬直する。剝き卵のような尻を撫でまわし、青年は嗤った。

「ふふふ、何をかたまっているのさ。今さら、パニックになることなどないだろう? ほら、周囲の参列者が納得していなくなるまでの辛抱だ」

意外なことを言われて、遥はさり気なく周囲に視線を配る。

(皆さんがお焼香を済ませていなくなっている……)

人いきれでムッと圧迫感の漂う葬儀場は一変していた。一ノ瀬家の人間は、当主が年上の兄嫁を屈服させる光景に納得したのか、一人、また一人と席を立っていた。

「一ノ瀬家の慣習を守っているとわかり安心したのさ。彼らも暇じゃないしね。ここはストリップ劇場じゃない。本家の神聖な場所だ」

腰繰りを続けながら、進はチラリと部屋の隅を見た。閑散とした部屋に散在する座布団の向こうに、老紳士が座っている。一筋縄ではいかない面構《つら》えで、妖し気な光を発していた。

（誰なのよ、あの人は!?）

部屋隅のスピーカーから、一ノ瀬太郎の声が響く。

「喪主の挨拶時間、残り十五分です。お焼香を済ませた方は休息所に移動してください。出棺の準備が整いましたら、お知らせいたします」

残り時間を聞いた進は、腰を力強く突き出した。グチュッと淫らな水音が四方に拡散する。熟れた膣肉と若い肉棒が激しく擦れ合っている。

「いやんんっ、強くて激しいのダメェ……はあんんっ、んあっ、あ、ああんっ……」

キュッと膣筋肉がペニスを締めなおす。きめ細かい遥の肌からいっせいに汗を噴きだした。

（うう、気持ちよすぎて、どうにかなっちゃううう……ああ、んんっ）

義姉の豊満な肢体は、少しずつ変化していた。

予想もつかない肉悦を素直に受け入れ、遥は甘い喘ぎを漏らす。突飛な抜き差しに意地を張る気力が削られていく。

そのとき、進は舌打ちをして初老の男性を見た。

「ちっ、祖父ちゃんまだいやがる。義姉さんを完堕ちさせないと、怒られちまう」

進は遥を側位にして、肉づきのいい太ももを担ぐ。プリンッと張りのある桃尻が肉幹を挟む。禍々しい熱量に、遥の膣奥は疼きを増した。

「また、捉えどころのないピストンを……はあ、はああんっ、ひい、いい、いいのぉ、気持ちいいのぉ。だから、もっとぉ、もっと突いてぇ！」

圧倒的な存在感の肉棒に、緩急自在のピストンを加えられ、遥の信念は砕け散る。恥じらいを失い、牝鳴きでねだりまくった。

(うう、勝手にアソコも絞まって……も、もうダメェ……)

捕捉できない律動に熟女は壺ヒダを叩きのめされる。脂ののった媚肉にたっぷり愛液がほとばしり、肉棒は断続的にすべり込む。

「あううっ、アソコが引き攣って……もうイッちゃう」

キュウッと子宮が大きく収縮した。それを合図に、未亡人の膣襞はピリピリと痙攣を始めた。あれよあれよと野太い肉茎に張りつき、精液を搾り取ろうとする。

(ああ、誠さん……ごめんなさい。こんな場所で粗相な真似を……)

大きな快楽の波に、遥は呑み込まれてしまう。ピタリと子宮頸部に鈴口の窪みをキスされ、熟れた桃尻がいなないた。

「もう、はううっ、あはっ、あ、あんんっ、これ、もうイク、イグウッ！」

膣襞でねじりしぼるカリ首の先端から、ビュビュッと牡液が放たれ、女体に被弾した。悩まし気に啜り泣きながら、遥は美貌をクシャクシャに歪める。

（ううっ、こんな場所でイカされてしまうなんて……）

おまけに孕まされる可能性もあった。ズブリとペニスを抜き取った進は、ニヤリと微笑んだ。ゆっくり男根に指を引っかけると、極薄のビニールが剝がれた。

「ククク、コンドームさ。遥義姉さんの信条に免じて、今回だけはゴム付きにしてあげたよ。本来は、しっかり中出しして孕ますつもりだったけど。極上の美女をここで一気に犯すのは、もったいないからねぇ」

進がぶら下げたゴムを見て、遥は肢体を硬直させる。

（まだ、そんなにあるの？　どこにそんな子種を蓄えているのよ）

自重で張り裂けそうに膨らんだゴムを縛り、進は投げ捨てた。

「祖父《じい》ちゃんは納得してくれたみたいだな……よかった、よかった」

悪魔のような青年はほっと胸を撫で下ろし、安心した表情を浮かべる。

（進のお祖父様って、そんなに恐ろしい方なのかしら……）

ジクジクと子宮の疼きがやまぬ裸体を抱え、遥はふらふらと立ち上がった。

第四章　出棺に濡れる秘唇

1

倉持由果の眼を覚ましたのは、マイクを通して喘ぐ姉の声だった。

「遥姉さん、何で進にやられているの？」

次女の呟きは、周囲の歓声に打ち消された。

（この人たちはなに？　まさか、一ノ瀬家の人たち？）

周囲のリクエストに応えるよう、進は遥を後背位にしている。卑猥な水音が淫らさを増幅させていた。由果の瞳は男の肉棒を捉えた。

（まだコンドームを装着している。もう一回、あの子の精を搾り尽くしてやる）

棺桶から出ようとする次女の肉花弁が熱く濡れだす。

「次に身代わりを名乗るときは、本気でイクから」

進の宣告に嘘がなければ、本気でナマ挿入されるリスクがあった。棺桶から出て遥の身代わりになれば、孕まされる危険も覚悟しなければならない。

（ううう、自分は何を恐れているの？　姉さんが妊娠したら、すべて終わりなのよ）

同時に、進は末恐ろしいことも口にしていた。

「あなたが妊娠すれば、遥と詩織を性奴隷にする。つまり、正式に一ノ瀬家の嫁となれば、僕はあなたにセックスを強要することもない。悪い条件ではないと思いますけどね……」

甘い誘惑の囁きに、由果は何のために進との交わるのか迷いはじめていた。そんな悶々とした思いをやり過ごすと、人気《ひとけ》が失せていくのを感じた。

（あれ、誰もいなくなった……）

先ほど、一ノ瀬太郎が出棺の用意をするとアナウンスしていたのを思いだす。

（出棺の準備って……何もやることないじゃない）

すると、進が棺桶に近づいた。そっと由果は覗き見る。棺桶の中には詩織が裸体のまま眠っていた。

「えーと、詩織はアナルをやり残していたんだ。うつ伏せだし、まあちょうどいいかな……遥、邪魔をするなよ」

「この格好でできるわけないでしょ！　うう、ベトベトして気持ち悪い」

遥は手ブラの状態で畳に横座りになっていた。

進は嗤って手を叩く。すぐさま女中が参上した。

「遥義姉さんにワンピースと下着を着せてください。兄嫁に裸で出棺させるわけにはいかないから」

「葬儀中にセックスするほうがどうかしているわ！」

艶っぽい目つきで遥は進を見上げた。

（何、どうしちゃったのよ遥義姉さん。まさか、進に籠絡されてしまったの!?）

由果は遥の股間をそっと注視した。中出しされていれば、逆流するほど注ぎ込まれている。しかし、股の付け根から子種の液体は流れていないようだ。

（ありったけ注入されたのは私と詩織ね……）

危機的状況を脱していないものの、由果はホッとした。

（遥義姉さんさえ堕ちなければ……）

進が兄嫁を狙い撃ちしているのは自明の理だった。ここで由果や詩織を凌辱するのは、遥を籠絡するためにほかならない。女の勘がそう告げていた。

（どうせ、同じような目に遭うなら今日で終わらせたい……）

一ノ瀬家の慣習はよくわからない。ただ、言いがかりをつけて嬲られるなら、葬儀のイベントでケリをつけたかった。メンツを重んじる連中なら、落とし前をつければ引き下がると由果は考えていた。

「あまり無茶なことはやめてね。お願いだから……」

遥の声を聞いて、由果は棺桶の中で耳を澄ます。

「面倒くさいことを言うなよぉ。どうするかな……」

進のため息を聞きながら、改めて由果は状況を確認した。

（アソコは少しヒリヒリするけど、たいしたことないわね。でも……）

一糸まとわぬ姿で寝かされていては逃げることもできない。おまけに慣れない淫戯と怪しげな軟膏に体力を搾り取られている。手足が鉛のように重く、動かすことさえままならない。

（これじゃ死人同然じゃないの……ううっ、進が無茶な真似をするから……）

進は半ば命懸けで身体を求めてきたのだ。二穴に己が分身を叩き込まれ、由果の血肉は淫らに踊り跳ねた。思いだすだけで、鉄のような剛直を埋め込まれる疼きが蘇《よみがえ》った。

「じゃあ、由果と詩織の棺桶に入ろうかな。大丈夫さ。もう、何もちょっかいは出さないよ。すいません、女中頭。僕のスーツも用意しておいてください。それから、遥の髪の結い上げもお願いします」

ふっと人の気配が消える。まもなく、由果の背中におぞましい温もりを感じた。

「ククク、狸寝入りはよくないなぁ。さっきから起きていたんだろ？　由果義姉さんは、自分が棺桶に入れられている理由をわかっているのかなぁ」

「何よ！　いきなり……知らないわ。こんな不気味な場所に置き捨てて……早く解放してちょうだい……やることなすこと、すべてが異常だわ」

由果は総身を震わせた。抵抗しようともがくが、手足に力は入らない。

「これは、兄さんが受けた屈辱の返礼さ。今度は借金の清算じゃない。由果義姉さんの仕打ちのお礼をしないとね……」

進は背後から腕を回し、バスト九十五の美乳を撫でた。

「私は誠さんに何もしていないわ。借金の見返りにホテルでエッチを求められたことはあったわ。前戯でイッてしまったから、何もしていないの。耐性が弱かったのよ、彼は。遥姉さんの手前、何も言ってないわ」

背後でため息が聞こえた。ゆらりと動くヒップに怒棒の先端が摺りつけられる。

「汚いモノを擦りつけないで！　ホント、兄弟揃って汚らわしいわね。お兄さんも優柔不断すぎるの。セックスを求めているのはすぐにわかったけど、ホテルで休憩なんて。ズバッと男らしくしてくれないと……」

死者の悪口を由果は並び立てた。それは、不当な凌辱を訴えるものであり、清廉潔白な身であることを証明したかったからである。

「もう、いいよ……すべて把握済みさ」

大柄な美女の言葉を遮る青年は、不気味に微笑む。

怒張は由果の菊穴にセットされていた。桃尻を揺すり立てても、牡棒はビクともしない。その気迫に美女の裸体が不安気に動く。

「俺が一ノ瀬誠として制裁を下す。今から由果のアナルをコイツで抉り裂いてやる」

低く静かに進は宣言した。

「ちょっと、冗談はやめ……あ、いやあああっ！」

先ほどと違い前戯も軟膏もなかった。狂気を帯びた野太い亀頭が、ヌメリ気を残すコーヒーブラウンの穴に突き刺さる。うつ伏せにされた二十三歳の女は、切り裂かれるような痛みに相貌を歪めた。

(痛いぃ、何でこんなことを……うぐっ、ああ、後ろの穴が壊されちゃうぅ)

べっとりした感触だけが二穴に残っている。ギリギリと苦しげに肛門が肉棒を喰いしばり、侵入を阻もうとした。

「力を抜かないと痛みは強くなるぞ……詩織のアナルを破壊されたくなければ、忠告におとなしく従ったほうがいいよ」

怒張は菊皺の門に緩々と埋め込まれていく。ずんぐりむっくりした肉棹が恥穴を捲る。小麦色の桃尻の谷間に脂汗が浮かび、不浄の穴に流れた。

(今度は詩織を脅迫の材料にするつもりなの!?)

「ひぐうっ、狂っているわ……誠さんにアナルセックスを許したこともないし、意味不明よ！　抜きなさいぃ、このぉ……はぐ、んんんっ」

ヌルヌルッと蛇のように腸壁を蹂躙され、由果は嗚咽をこぼす。菊口では激痛に襲われた反面、腸路はほとんど何も感じない。不気味な一体感が美女の胸に膨れ上がる。

進は酷薄に呟く。

「兄さんに振る舞ったのは尻スマタだろ？　不器用で気が弱いから、由果義姉さんにはM男に見えただろうね。その見下す態度が気に入らないんだ」

「はおおっ、動かないでぇ……内臓を引っ張り出されてしまうぅ……」

媚薬の軟膏が腸襞にへばりついている。進のカリはその残りかすを掻きだしていく。生々しい衝動に、由果は腹の底から獣声を吐き出した。

（あんな男が財閥の御曹司だなんて認められなかったわ……）

大学の端末でＳＮＳの掲示板を見つけたのが、きっかけになった。一ノ瀬という苗字は特別珍しいものではなく、由果も興味を示さなかった。

外見は悪くないが、どこか世間ずれを男から感じていた。遥も知らないであろうインターネットの繋がりから、一ノ瀬財閥にたどり着いた。

「う、嘘ぉ……何よ、お尻の穴が熱くなって……はあっ、ひぃいっ！」

削り出された軟膏が再溶解すると、美女はチリチリ禁忌の熱を腹に感じた。進が腰を引くと灼けつくような感触に襲われる。

（痛みがあっという間に消え失せた……そんな馬鹿な！）

感覚器官が錯覚に陥り、美女はもどかし気に裸体を揺する。新鮮な快感が菊蕾から発熱し、中へ拡散していく。

進はたわわに実るバストを揉みしだいて嗤った。

「ククク、もう腰を振りだした。由果義姉さんが三姉妹の中で一番Ｍっ気がありそうなんだよな。二度目とはいえ、こんなに早く尻で感じる女は初めてだ」

「知り尽くしたように言わないでちょうだい……」

不浄の穴が敏感になり、蕩ける淫悦で膣筋肉が蠢いた。改めて進のペニスを揉み潰す。雄々しい極太の胴回りに臀部は痺れていく。

「おやおや。もうこんなに僕のブツを美味しそうにしゃぶってもらえるとは」

蔑むような目つきで見下ろされ、由果の気高い睨みに羞恥が混ざる。

(ひいい……ヴァギナじゃない穴で感じるなんて……)

高潔な美女にとって、淫乱で済む事態ではなかった。将来、ファッションモデルとして活躍するのだ。そんな輝かしい未来の女性が後ろの穴で感じたら、と想像するだけで鳥肌が立った。

「あはあんっ、もういいでしょ？　進、早く抜いてちょうだい……い、いやいや。気持ちよくない、気持ちよくなるわけにはいかないの！」

上気した頬には涙が流れた。由果は進をキリッと見上げる。整った鼻筋から口元を固く引き結ぶ。ブルブルと震える双房の先端がコリコリに尖り勃っていた。

(輝かしい未来を約束されているの！　お願いだから邪魔をしないで……)

「借金の件は謝るし、友人に頼んで今すぐ用立てるわ。んんあっ、だから、こんな変態みたいな真似はやめてえ……もう、お願いぃぃ……」

怒りを堪えて哀訴した。

進はハハハハと一笑に付して、舌打ちする。

「金が今すぐここに飛んでくるならいいけどな……それに、兄さんが受けた屈辱は金で解決できない。屈辱には屈辱で返すのが、一ノ瀬家の慣習なんだよ」

「いや、いやああっ！　もう離してぇ……ああ、あんんっ、あ、あんっ！」

グリグリとグラインドされ、括れたウエストが跳ねる。

（媚薬の残りがこんなかたちで蘇ってくるなんて……）

肉鎌の刃が腸襞に刺さる。憎らしいほど肉襞がうねり、義弟のペニスを吸引した。

恨めしそうに由果は眉根を寄せて、相手を見上げる。

「いい眼つきをするなあ、由果義姉さんは。嬉しくて腰が勝手に動いちゃうよ」

いきり立った肉棒がずらされる。グリッと二十三歳の女体に潜む膣筋肉が圧せられた。砂粒の欠片となった軟膏が、ザラメとなって二人の腰を震わせる。

「はん、んんぐっ！　いやあっ……あんっ、抜いてええ……」

淫猥な蠕動《ぜんどう》を止められず、悔し涙が由果の頬に流れる。磁石で砂鉄を吸いつけるように、カリ肉の脇と亀頭に油脂が付着した。いびつな砂塵は、愉悦の摩擦で女体に溶ける。飢えた痴肉に点々と線香花火が落とされる。

（いつになったらなくなるのよぉ……あううっ、お尻がおかしくなってるぅ）

カアッと尻菊が加熱され、由果の奥歯が嚙み合わなくなっていく。

「こおおっ、また締まりが強くなった。中もドロドロに包み込んでくる」

生々しい痴態を揶揄《やゆ》されて、ジンジン湧いてくる快感に、女は顎も背も反らした。

「どうしたの？　突いてほしいのかな……ふふ、アナルがひくひくしている。がまんしていてもわかっちゃうから罪だなあ」

「抜いてって言ってるじゃない！　はあっ、ああんっ、んんあああっ！」

バンッと股間をヒップに叩きつけられる。スナップを利かせた肉殴りに、ぶるんと乳球が揺らめく。

（ズシンと来る、鉛みたい）

手足に力が入らず、由果は豊満な桃尻を捧げるしかない。進の全体重が乗った肉茎は花蕊にズシリと響く。言い知れぬ感情を留めきれず、義姉は美貌をあげて甘い愉悦を訴える。

（ああっ、いい、駄目……でも来ちゃうのお……みっちりと押し込まれる）

青竹のように女体はしなり、充塞感にのけ反った。鋭く力強いピストンに大振りな熟尻が波打つ。菊穴を目一杯に押し拡げられ、ゾクゾクと肉悦で下半身が麻痺していく。

「んくっ、おおおうっ……これはすげえ。まるでマ×コに抜き差ししているようだ。熟れた脂と若い筋肉がほどよく喰いしばってくる」

しばらくの間、進は激しい律動を続けた。

「あ、あはううっ、激しすぎる。ひい、いいんっ……んあ、あううっ！」

ポロポロと涙をこぼして由果は唇を半開きにした。甘い嗚咽をこぼすと、小麦色の裸体から汗がいっせいに噴き出す。艶めかしい煌めきに柔肌をくねらせても、由果は快楽を認めようとしない。

（お尻でアクメにイクなんて……あってはならないの。今回、進は媚薬を使っていない。たとえ、残り香《が》があっても受け入れては駄目……）

将来、ファッションモデルとして世間の眼に留まる。清楚で高潔な女体の魂は、自ら切り拓いた将来の希望に光にすがりついた。

ふっと嗤って、進は抽送をスローダウンさせる。

（諦めてくれたのかしら……うう、お尻が燃えてしまいそう）

もはや、由果の菊蕊は内奥までヴァギナと同じようになっていた。ジリジリとバーナーで炙られた媚肉が肉棒を咥え込む。喰いちぎらん勢いのアナルを見下ろして、進はとどめの一言を告げた。

「倉持由果さんの所属する事務所って、一ノ瀬財閥のグループ企業なんだよね。まさか、知らなかったってことはないよね。だって、兄さんが口添えしたんだろ？」

卑猥な笑い声に由果の脳は思考停止となった。

（そんな馬鹿な……ええ、嘘よぉ……）

いい仕事があると紹介してくれたのは誠だった。ファッションモデルなどなれるはずがないと由果は半ば諦めつつオーディションに臨んだ。内定が決まったとき、誠は口ごもりながら祝いの言葉を口にした。

「けっこう売れているモデルさんも所属しているらしいね。ただし、男子禁制が入所の絶対条件。清楚で高潔なイメージを看板にしている。そこに、間違ってアナル女が紛れ込んだら一大事だ」

そう言って進は由果のボディーラインを撫で上げる。由果は震えた唇を開く。

「何が言いたいのよ？　まさか、今回のことをリークするつもり？　慣習に従っただけじゃないの」

努力で築き上げたプロポーションを慰み者にして、将来の夢まで奪おうとする悪魔。殺気を込めて由果は切れ長の瞳で睨みつけた。

「人聞きが悪いなあ。一ノ瀬家の当主として報告するだけさ。いままでのは全部録画してあるからね。尻マン女なんて、クリーンなイメージに泥を塗るだけだし。肉棒をしゃぶっているほうが似合ってる」

「あなたが尻マン女なんて言うな！　はあああっ、んんん……いやああっ！」

青天の霹靂《へきれき》となる一撃に巨尻は震えた。

「あれ……抜けないなあ、この、このこの、このぉ！」

グリッと角度をずらした位置には、油脂の塊があった。逆Gスポットは薄皮一枚を隔てて膣筋肉があり、最も敏感な場所だった。ヌチャリと剛直の裏筋が引っついて、進は無理やり腰を引っ込める。

（ちょっと、冗談やめて、ああうっ……あああああっ！）

生き地獄の愉悦が由果を襲う。刹那、貞淑な二十三歳の女子大生は一匹の獣に堕ちていく。口の両端から唾液を溢れさせ、淫らに乳房を揺らして、桃尻を振り立てる。底なしの快楽に女体が転がり落ちていった。

「ああんっ、もおっ、あはううっ……気持ちいい！　気持ちいいのよぉ！」

ヒビの入った理性が崩壊していく。堰《せき》を切ったように由果は快楽を咆哮する。生々しくしなり、澄み渡る嬌声が空気を濡らす。蠟燭《ろうそく》の炎のように、ゆらゆらと裸体が不規則に蠢いた。

（もう、身体中が痺れて言うことを聞かない）

熟成とみずみずしさの釣り合いがとれた女は、せがむように尻肉を股間へぶつける。

「ククク、本格的に堕ちてきたな……さてと……」

「んあっ、あはうっ、んんっ、もっとたくさん突いてぇ！　え、えええ！」

蕩けた菊路に埋めた肉棒がピタッと停止する。もどかし気に由果がヒップを揺すり、青年の劣情を煽り立てる。進は麗美な相貌を歪ませつつ、腰を突き出さない。

「奉仕の精神を見せてもらおうか。そうすれば、チクらないかもしれない」

焦らされていると感じ、由果は苛立ちはじめた。

すでに、ファッションモデルの将来も女としてのプライドも消し飛んでいた。飽くなき肉悦に呑み込まれた美女は、巨尻で男を倒してしまう。

「すごいなぁ……背面騎乗位かぁ……ううっ、ウネウネと絡みついてくるぅ」

弱気に喘う進を斜め後ろに見下ろして、由果は生乳をチラリと晒す。なで肩から覗き見えるバスト九十五の豊房に、進の肉棒はメキメキと太くなった。

（いやだあ、身体が勝手に動いちゃうぅ……）

抑制できない女欲に由果は憑りつかれていた。ゆっくり桃尻を上下に振りながら、正面騎乗位へと位置を変える。そのまま、グググッと仰け反れば、膀胱側を抉られていく。

「ああんっ、んあっ、いいのぉ……太いの好きぃ……あぐっ、痺れが強くなっていくうっ、あ、ああ、あああああっ……うああっ、はあんんっ！」

極太の怒張が腸壁を貫き、Gスポットまで届いた。炎に炙《あぶ》られる蛇のごとく、クネクネと由果は腰を揺らめかす。次第に子宮の収縮の間隔が短くなる。キュウキュウによじれ搾る胎内から、愛液が溢れでた。

（ああ、もう……アソコまでヒクヒクしてきた。引き攣りが酷くなって、あ、あ、あああ、駄目、イグ、イグゥ……）

進の膝に後ろ手をついて、由果は天を仰ぐ。

「うおおっ、由果が尻で本イキするのか……おお、俺も出る、う、うぐうっ！」

豊満な由果の膣筋肉が貪婪《どんらん》に肉棒を吸い立て揉み潰す。まもなく、襞スジの一枚がぞよめきだし、いっせいに釣られていった。丸みのある亀頭に襞が張りつくのを美女は感じとった。

「はああんっ、アナルで、お尻で、イッチャウウッ……」

折り重なるように襞がペニスへ纏わりつく。重厚な肉紐に捩じ切るよう絞った怒張が女体の中で一瞬、膨張した。刹那、ビュッと白い精液が一度噴射すると、爆竹花火のように媚肉を乱打していく。

肉厚な裸体がブルッと脈動した。その後、精液を吸い尽くすまでヒクヒクと際限なく双房が鋭く跳ね飛ぶ。ツンと斜め上を向いたまま、妖艶に乳首が揺らめく。

「クククク、腹上死したかと思ったぜ。アクメに飛んで、気遣りしたんだな。お疲れさん、淫乱義姉さん」

悪魔の喜悦を聞きながら、由果は二度目の射精をアナルに浴びた。汗まみれで全身を煌めかせ、淫らなまどろみへと再び落ちていった。

2

肉がぶつかり合い、水の擦れる音で詩織は眼を覚ました。

(棺桶に寝ているのかしら……うう、だめ。身体が動かない……)

自分でも驚くほど疲れきっており、立ち上がる気力もない。十八歳の少女は、貪欲すぎる進とのセックスを思いだす。

ふと隣の棺桶が詩織の目に入った。誠が眠っている棺桶ではないとすぐに察した。

（誰が中にいるのかしら……え、えええ!?）

うつ伏せのまま、詩織は上体を浮かせる。視界に飛び込んできたのは進のペニスと由果のヒップだった。凶器と化した極太のペニスが、容赦なく後ろの門に突き刺さっている。

（由果姉さんの肛門に……ありえない……）

獰猛な凌辱を目にして美少女は眩暈を覚える。いけない穴は菊皺を引き伸ばされており、いっぱいに拡張していた。そして、肉棒が滑らかな抜き差しを繰り返す。

「あはんんっ、気持ちいい！　もっと、もっとたくさん突いてぇ！」

びっくりして詩織は視線を移す。そこには、快美な愉悦に蕩ける由果の顔があった。

（進の腰の動きに合わせて、お尻を振り立てて……）

妹も目標にしている、理想のプロポーションを由果は持っている。

想像もできない世界に詩織は言葉がでない。

（どうやったら、あんなに気持ちよくなれるの!?）

常軌を逸した戯れから美少女は視線を背けられなかった。排泄器官に剛直を突き立てられると想像するだけで、全身が慄く。くすんだ狭隘な穴を蹂躙され、腸粘膜を削られるだけではないのか。

進の呟きが鼓膜を揺らす。

「膣へのやんわりした刺激もさることながら、被虐感と背徳感に燃えるのかな。ほぐし馴染ませるのに、由果は時間がかからなかった。元々、尻で感じる女なのかもしれない」

至極冷静な言葉に、詩織は震撼《しんかん》する。

(次はわたしが狙われるの!? いや、あんな変態に……)

大事なバージンを差し出しただけでも乙女心は朽ち果てている。おまけに中出しまでされてしまった。遥を守るためとはいえ、詩織にも限界があった。

(進さんも、詩織の後ろの穴まで興味はないでしょ。いくら変人でも……)

草食系の男と付き合っていた頃、男がアダルトDVDを流していた。冷めた詩織の手戯で興奮する牡たちは、アナルセックスの場面に興味を示していた。

(だから、男って汚らわしいのよ! はしたない欲望に振り回されて、身のほどをわきまえないのが気に入らないの……)

涼やかな瞳の進を詩織は見上げる。兄の誠からは粘り気の濃い視線を何度も浴びていた。一方で、進は柔和な目つきでいつも微笑んでいた。

(もし、こういうことがなかったら……)

精神的に幼い大学生に親近感は持っている。彼が一ノ瀬家の御曹司と由果から聞かされても、ピンと来なかった。詩織にはただののんびり屋の青年としか映っていなかった。

(いい友だちになれると思ったのに……)

由果のアクメに達する嬌声を聞きながら、詩織は裸体を横たわらせた。美少女はもう逃げられないとわかりつつ、凌辱されないともどこかで思っていた。

(由果姉さんとセックスしてなさい……これで終わりよ)

生々しい熱気が詩織の裸体に伝わってくる。心中はすっかり冷え込んでいる美少女の花蕊は、ジンジンと疼きだしていた。

しばらくして、進の気配を感じ、詩織の身体は硬直した。

「あれ、詩織はまだ眼を覚ましていないかぁ。どうするかな。気遣りの女を抱いても意味がないんだよなあ……」

うつ伏せに眠る美少女は、内心毒づいた。

(まだヤルつもりなの!?　どういう神経しているの……信じられない)

ふと粘り気の強い視線を尻たぶに感じる。詩織は反射的に、尻肉へ力をこめてしまう。キュッとピチピチの丸尻が凛々しく引き締まった。

(お願いだから、アナルだけはやめて……)

じっと瞼を閉じる美少女のヒップにおぞましい温もりがやってきた。

「じきに眼を覚ますだろう……処女だし、アレを使うかぁ……」

進は乙女の桃尻の感触を楽しんでいた。

(ううう……気安く触らないで！　気持ち悪い……)

できれば尻を思いきり振り立てたかった。湧き立つ抵抗心を堪えて、詩織は静かに寝息をたてるふりをした。

「ふううっ……んんんっ」

不安に駆られて、詩織は呻いた。舌を嚙み切る恥を忍んで、仰向けになる。

(今度は何をするつもりなのぉ……)

薄目で見ると、青年の姿があった。手に容器を持って、棺桶に入ってきた。

「繊細な粘膜を傷《いた》めないように、ビフォアケアをしておこう」

少女の秘裂にゆっくりと半透明なラードのようなものが塗られていく。大陰唇の膨らみから綺麗に生える黒芝まで、ネットリとした感覚が拡がった。

(気持ち悪いわねぇ……いったい、何を塗っているの!?)

スッと爽快感が股間に駆け抜ける。丁寧な指腹の動きに、美少女は警戒心を抱きながらも身体を委ねた。染み込ませるように、進は何度も指をスライドさせていく。

（早く終えて、離れなさいよ！　気安くアソコを触らないで……）

使命感に燃えていた詩織の心は冷めている。短時間で何度も射精を繰り返した男の精嚢は空っぽになったと信じて疑わない。残弾のない状態で淫戯を継続されること自体、もう屈辱的だった。

「あれ……だいぶ時間が経ったはずだけれど、まだ濡れているなぁ。おかしいな。そんなはずはない……じゃあ、内部も塗り込んでおくか……」

執拗に進の指は膣口を弄りまわす。肉門の裏戸に指が入ると、美少女は堪らず腰をよじらせる。凄惨な凌辱の爪痕をきっちり残されていた。

「ふぐうっ……ん、んんっ……ふ、ふううっ」

美貌を背けて、詩織は甘い喘ぎを堪える。進の言葉に恐怖が増幅し、奇妙な淫熱の昂りを感じていた。ジュクジュクと粘膜が疼きだすと、タラタラ愛液が湧き出した。

「ふふふ、犯されている夢でも見ているのかな？　すごい量だ。何だ、これは……」

クチュリと指が濡れると、進は首を傾《かし》げていた。撫でまわしのスピードは変らない。サーモンピンクの膣口がヒクヒクと開く。

「あう、んんんっ……」

美少女はつい腰をよじらせる。遥とは質の違うヒップが跳ねた。若々しさにはち切れんばかりの桃尻に、進はため息をついた。

「何気に肉感のある尻だ。まだ、成熟途中の若さがムッチリ詰まってる。遥の脂ののった尻肌とは違ってみずみずしいな。由果の尻も量感があって嫌いじゃないんだけど、自己主張が強すぎる。透明感のある無垢なふくらみのほうが好きなんだ」

可憐な脚線美の交錯点から溢れる淫液がヒップの頬を濡らす。進は花弁から指を抜くと、愛液を手のひらで尻肌いっぱいに伸ばした。

（軽々しく痴漢みたいな真似をしないで、はああ、もういや！）

躊躇ない造作に、少女は内心赤面する。絹肌のようにきめ細かい詩織のヒップが眩く光った。薄目で見える淫靡な光景に、膣奥が不思議と熱くなる。

「おや、泥濘《ぬかるみ》がどんどん広がっていく。気持ちいいなら、それに越したことはないな。意外と詩織も溜まっているのかなぁ……」

両手で膣洞をこじ開けられ、少女の桃尻がふわりと浮いた。

（そんなふうにしないで……）

羞恥に裸体が桜色に染まっていく。処女を失い、壮絶な凌辱を受けても、そう簡単には清楚なプライドまで抜けきらない。美少女は豊満な乳房を揺らして、無意識に顔を背けてしまう。

(何かどんどんアソコが熱くなっていく……愛液も止まらないのぉ)

　膣肉が潤むほど、少女は進の肉棒の感触を思いだす。耐えがたい屈辱の裏には、代えがたい充塞感があった。逞しい雄々しさに女肉が戦慄いた瞬間が刷り込まれていた。

「ふーん、だんだん充血しているなぁ。柔軟性のある膣肉だ。初回は荒々しく貫いてしまったけど、かなりの名器だな。細い肉紐を縦横に織り込んだようなマ×コだ。奥からトロミがとめどなく流れてくる」

　生々しい説明に、詩織はどこかへ行ってしまいたい気持ちだった。

(誰に言っているのよぉ……もお、恥ずかしくて死にたい……)

　その動きが十八歳の少女に刺激となって伝播《でんぱ》する。鼻息や吐息が、陰核や蜜口に吹きかけられ、ピリンッと鋭い熱がほとばしった。

　次第に進の指つきが変化する。同時に、詩織の顔を見上げる。

「ククク、狸寝入りはやめろよ。ここまでされて、眼を覚まさない女なんていないぜ。悪いが串刺しは終わっていない。身代わり娘は三回と慣習で決まっている」

　詩織はその言葉に上半身を起こした。

「そんな！　フェラチオしたじゃない！　処女まで奪われたのに……もう、詩織が奉仕する場所なんてないわよぉ……ぐすっ、もう許してぇ」

進はニヤリと口の端を歪ませる。詩織の膝裏を摑むと、グイッと持ち上げた。

「キャアッ、何をするのぉ……やめて、やめてください……」

啜り泣きながら、詩織は恐怖に美貌を曇らせた。仰向けの状態で桃尻を天に向けられる。マングリ返しの体位でV字形に長い脚が開かれた。

(何て恥ずかしいポーズを……)

屈辱感に襲われ、小鼻を鳴らして凌辱者を睨みつける。

「まだ、詩織の身体で貫いていない穴はある。お前もわかっているんだろ？　悪いがこれは恋人同士のセックスでも、セフレの戯れでもない。そう言っても、半狂乱になられても困るんだ」

刹那《せつな》、詩織はすべてを察した。

(まさか、進は詩織の後ろの穴を狙っているの……)

とうてい受け入れられるものではない。可憐な黒目を吊り上げて、身体中をバタつかせようとする。すると、進は意外なことを言いだした。

「お前、兄さんが生きている頃、よく財布から金を抜いていただろ？　いくら抜いたんだ？　大学進学の費用ではないよな……」

唐突な言葉に美少女は鼻白む。

「あなたには関係ないでしょ。証拠はあるの？　大学のことも知らないくせに……」

口を尖らせる詩織に、進は意外そうな表情を浮かべた。

「ほおお、開きなおったか。まあ、そこまではいいとしよう。詩織、兄さんが死ぬ直前、財布から何か抜き取ったよな？　あれ、何だったんだ？」

ビクッと桃尻が震えた。みるみる血色を失い、少女は黙りこくってしまう。

（あのときのことを何で進さんが知っているの？　大学に行っていたはず）

一ノ瀬誠の素性に詩織は興味がなかった。ただ、庶民的な暮らしに似つかわしくない振る舞いをする誠に惹きつけられたのだ。

（だって、誠さん約束してくれたんだもの……）

周囲の友人たちは、進学が決まると身の回りの準備を始めた。衣服、自動車免許、進学後の就職先、タブレットパソコン……。必要なものはキリがなく、あって困るものは何一つない。詩織は焦っていた。

「スマートフォンの新機種をプレゼントするという約束を兄さんは守っているさ。だが、お前は話題を出さない誠に痺れを切らして、キャッシュカードを抜いた」

事実関係に裏付けをとった刑事のように、進は外堀を埋めていく。

「あのカードは誠さんから使っていいと許可をもらっているもん。困ったときは、いつでも持っていってかまわないと。誰でも使えるカードだからって」

詩織の言葉にピクリと進の眉が動いた。

「それは違うぜ、詩織……自分の都合のいいように話を作りかえるな。あのカードは俺と兄さんの共用だ。兄さんは言っているはずだ。俺の許可を得ることが絶対条件だったはず」

グッと悔し涙を溢れされ、詩織は唇を噛んだ。

「嫌な言い方になるけどな……兄さんはあのカードを探しにいって死んだんだ。兄さんは人がよすぎたから言わなかったんだろうが、百万単位ぐらいは自由に使える打出の小槌《こづち》だ。知らない奴にしたらな……」

進は困ったようにため息をついた。

「俺たちはあしながおじさんじゃないけど、進学費用なら出すつもりだった。それには、もちろん必要な経費も含まれている。だから、黙って金を使い込まれるのが一番辛い。裏切られた気分にもなるさ。足蹴《あしげ》にされたような屈辱だ」

ゆっくりと進は詩織の尻間に顔を埋めていく。ハッと我に返り、少女は抗弁する。

「ちょっと待ちなさいよ！　それとこれとは話が違うわ。誠さんが詩織のせいで死んだと言いたいなら、証拠を出しなさいよ」

ククククと進は嗤った。

「本性を現したな。それくらい気が強いと凌辱する俺も気が楽になる。話は繋がっていないようで、関係あるんだ。お前の進学先の学長は、俺の祖父《じい》ちゃんなんだよ。事実関係はすべて把握済みさ。祖父ちゃん、怒り狂ってるぞ。まだ元気だしな。俺に貫かなければ、祖父ちゃんが貫くことになっている」

もう、詩織に口応えするネタは何もなかった。美少女の沈黙を確認すると、進は蟻の門渡をペロペロと舐めだした。

（そんな……このままでは進学もままならないわ……）

大学の進学先を変更するつもりはない。体操部の推薦枠で合格したその大学は、全国有数の名門校でもあった。受験勉強と縁遠い生活をしてきた少女に、残された時間はなかった。

「暗く考えるなよ。ここで、アナル処女を捧げれば許すってさ。俺としては子供を孕ませるほうが好きなんだけどな……」

「ああ、進の子供なんてありえない……あああああっ、もおおっ！」

絶望感に打ちひしがれ、詩織は美貌を両手で覆う。くすんだ桜色の穴に舌肉が接近すると、肩を震わせて啜り泣いた。

　進はため息をついた。

「あーあ。だらしねぇ。孕まねえんだからいいじゃねえか。仕方ない。両脚を畳につけていろよ」

　おもむろに進は軟膏を指で掬い上げ、菊皺に塗り込みだした。痒さに相貌を真っ赤にして、詩織は桃尻を揺らした。ぷりぷりと若さを主張する茹で卵の肌が指棒一本で踊らされる。

「んぅ……じゅうぅ、ん、んっ！　れろれろっと……んじゅっ、じゅじゅう！」

　耳を塞ぎたくなる卑猥な水音が響く。マングリ返しのまま、秘裂の聖水を吸われて、不浄の穴に流される。吸圧に花弁が男の唇にくっついてしまう。ジンジンと掻痒感が快感と共に詩織の果芯で熱を持ちだす。

（ああ、前と後ろの穴を見られて、淫らな液を吸い込まれている……）

　ありうべからざる光景を清楚なプライドが許さない。羞恥と屈辱に怒りが込み上げ、美少女の神経を剝き出しにした。

「恥ずかしがるなって……もう、駅弁セックスを忘れたのか？　気持ちよすぎて覚えていないなら光栄だがな。こっちの屈辱は返しようがないんだよ。身体に恥辱を注ぎ込ませてもらうよ」

清々しい笑みを浮かべて、進は頓着なく菊弁に吸いついた。

「いや、そこは汚い穴なの。進さん、頭大丈夫なの？　もう、こっちがおかしくなりそうよぉ。ああん、もお、はあああっ！」

詩織は破廉恥な姿に耐えかねるようかぶりを振った。成熟途上のフェロモンとシャンプーの香りが混ざり合う。

(由果姉さんのときは他人事《ひとごと》に思っていたけど……こんなに恥ずかしいなんて)

高潔な美少女は三姉妹で随一の潔癖症だった。クンニリングスも容認できない乙女心は、アニリングスなど許せるものではなかった。

チュパッと愛液を注ぎ終わると、進は口を離した。代わりに淫らな指が可憐な穴を襲う。少女の心を弄ぶように、指の動きは止まらない。軟膏が愛液と溶けあい流されていく。

(熱くなってくる……いままでとは違う……)

敏感な粘膜からすうっと痛みが引いていく。詩織にとって不自然な感覚の切り替わりは不安でしかなかった。ウイスキーを流し込まれたような粘膜の灼けつきに少女は瞳をパチパチさせる。

「ククク、やっぱり若いアナルは感度良好だな。俺を誘うようにヒクついているぞ。遥や由果と違って窮屈に見えない。やはり、スレンダーなわりには尻の穴の大きな女だったということか」

「ちょっと！　どういう意味よぉ……詩織の身体に何をしたの？　変なモノを仕込んだんじゃないわよねぇ……あうっ、お尻の穴が熱くて痒いのぉ……」

詩織の身体が急激に火照っていく。鋭い舌鋒《ぜっぽう》とは裏腹に、禁断の肉環は自然に緩んでいた。愛液が恥毛を濡らして、たわわな乳房の底へと滴る。

進は菊穴から指を離し、じっと美少女の変化を眺めていた。

「安心しな。一ノ瀬家に伝わる軟膏で後ろの穴をなめしたのさ。媚薬ではないが、催淫効果はあるんだ。効き方にバラツキがあるから、詩織は最小限に抑えたんだけど。これは淫乱な素質のある奴ほど効果抜群なんだよ」

卑猥に嗤った進は緩慢な動きで怒棒の先端を詩織の肛門にあてがった。

「ひいいっ！　突き刺されたら死んでしまうわ。こんなこと、人間のやることではないはずよ」

詩織は太い眉をしならせ、濡れた瞳で見上げる。

「慣習に従わないとな。代わりにこっちの穴に突き刺してもいいんだぜ」

「あううっ、汚いモノを擦りつけないで！　二度とそっちにはやめて」

いやいやと少女は上気した美貌を小さく振る。

（あんな大きなモノ、入るはずがないわ……）

数度の女汁を吸って、進の怒張は大きさを増したようだった。結合を重ねれば、くたびれて血の気が引くものと少女は想像していた。

「じゃあ、見ないようにでもしていろよ！　俺にとってはどっちの穴でもかまわないんだ。いやらしく蠢いて、誘っているからな……」

「そんな、誘ってなんかいないもん！　あう、うぐっ……ふうううっ」

グリッと菊門に進は腰を落としはじめた。赤黒い切っ先が腫れ膨らみ、いけないい穴の皺に圧力がかかる。少女の眼前が真っ赤になった。焼き鏝をめり込まされる刹那、痛苦ではなく新鮮な快楽が清楚な桃尻を震わせる。

（ものすごい圧迫感なのにぃ……痛くないなんてありえない……）

ムチムチと白い双房が戸惑うように揺らめく。

だが一気に腰を沈めてこない。一ミリ一ミリ慎重にヒップの谷間へ怒棒を埋めてきた。チラチラと少女の表情を確認して、嗤っている。肉瘤が菊皺をいっせいに伸ばし、裂けるほど尻穴を押し拡げていった。

「亀頭がむしられそうな締めつけだ。だが、詩織の穴は由果より大きいぜ。力みもないしな。クククク、変なモノを突き刺されて、怖くて堪らないだろ？　それは、犯されている恥辱ではなく、快感を覚える自分への不安なんだ」

　進の言葉に美少女は涙を流して顔を背けた。右手の親指を千切れんばかりに噛んだ。悔しさに胸が張り裂けそうになる一方、甘い興奮に理性が侵食される。

（どうして！　なぜこんな感覚に……うう、いくら催淫のある軟膏が塗られているとはいっても、こんなふうになるなんて。ああ、信じられないぃ……）

「いやあっ！　もう刺しこまないでぇ……がはあっ、うぐうっ、ひいいんん！」

　どこまで侵入されるかわからない不安が詩織を襲う。

　進は小首を傾けた。

「クク、まだ先っぽも入ってねえよ。気持ちよすぎて麻痺しているのか？　安心しな。俺は処女モノには優しく慎重なタイプなんだ。特にアナルセックスはな。使い物にしないといけないから」

「使い物って……早く抜いて！　どういう意味よ……ぐうっ、んんあ！　今回の葬式で終了よ。こんなことに付き合っている暇はないの。詩織にはやりたいことがあるんだから……」

ククッと亀頭が繰り込まれ、美少女の顎が上がる。くっきりしたフェイスラインから、汗に濡れた白い首が丸出しになった。

（亀頭が肛門を抜けて、内部に入ってくるぅ……いやああっ！）

詩織は激しい痛みがやってくると肢体を硬直させた。だが、ジワリジワリと鈍い心地よさが忍び寄ってくるだけだった。

（お腹にズッシリやってくる。あとから痛みが……こない。そんな……）

圧倒的な進の存在感が少女の肛粘膜に響く。野太くずんぐりむっくりした肉瘤の形状から硬さ、太さまですべて詩織の脳内で映像化できた。

進は詩織の様子を確認して、さらにゆっくりと肉棒を沈めていく。

「痛みがないだろ？　なぜかわからないなら、説明してやるよ。それは、詩織が尻で感じる淫乱なお嬢様だからだ。他に理由は見つからない。ううう、マ×コよりも締めつけが強いぞ……本当にアナル初めてか？　アナルオナニーしてるだろ？」

さりげない進の尋問に詩織の瞳が一瞬大きくなる。苦悶の表情で、少女は哀訴を繰り返した。

「切り裂かれているみたい。はあんんっ、んん、痛いぃ！　お願いだから早く抜いてちょうだい……こんな、はああっ、こんなことといやああっ！」

詩織の腸壁は亀頭を包み込み、柔々と揉みしだいている。ヌルリ、ヌルリと内奥の粘膜に滑りこまれて、ピクピクと腰が震えた。

(亀頭が詩織のおへその下まで来てるぅ……鉄みたい。ドクドクしてる)

淫らな恍惚感を詩織は認めたくなかった。清楚な少女のプライドが許さない。おまけに、体操部がお尻で感じる淫乱な女子大生など受け入れないのは、自明の理だった。

「ううっ、キュウキュウ言っているぜ、詩織のエロい尻は。そんなに気持ちいいなら、俺も嬉しい限りだな。ふふふ、ヌメっているせいで滑らかに詩織の尻が呑み込んでくれる」

「ああ、いやあっ、急に動かないで……うぐうっ、抜かないで！　ああ、これ以上深いのやだあ、あ、あんんっ……ひぐうっ」

ジンジンと燻《くす》ぶっていた搔痒感が詩織の中で大きくなった。腸を抉り込む禍々《まがまが》しい肉棒は少しずつ抜き差しのスピードと強さが変化する。

(お腹と擦れて、身体が熱くなるぅ。どうしてぇ？　痛くて気持ち悪いだけのはずなのにぃ……灸られているみたい……また亀頭がピストンを始めた)

「ほお、フワフワトロトロの肛門だな。敏感で性感があるのはいい。これをヴァギナ同様にしてやろう」

すると、進はゆっくり腰を突き出していった。まだ、肉茎をすべて挿入されたわけでもない詩織の二穴は、言葉にできぬ愉悦で少しずつ収縮を強めていった。

（あああ、身体がおかしくなっているぅ……お尻の穴を擦られて、ポッと熱くなってしまう……あ、ああんっ！）

成熟途上の桃尻が快楽に染まりだす。

「ひぐううっ、熱いぃ。はあんっ、あはうっ、そんな……あんっ！」

あまりにも甘く切ない牝鳴きが詩織の唇から奏でられる。背中の骨がバラバラになりそうな愉悦に、少女の細い腰がくねりだす。

ニヤリと青年は嗤い、種明かしをするように言った。

「クククク、いいよがり方だ。俺のペニスにも軟膏をタップリまぶしてあったのさ。この軟膏は男には催淫効果をもたらさない。だが、詩織の蕩けた顔を見ると、一気に犯したくなる」

興奮気味に進が声を弾ませる。詩織は正常位に戻された。必死に少女は腰をよじって、極太ペニスの衝動から逃れようとする。

（いやよお、こんなの私じゃない……ああ、お尻の奥が疼くう……）

無意識に身体を反らす詩織の乳房が躍る。

「ふふふ、デカいオッパイだなぁ。こんなになるまで誰に揉んでもらってたんだ？隠れてオナニーまでは俺も追跡していないからな。自分で握り込んでいたのか」

進の腕が詩織のバストへ伸びる。張り艶に富んだ釣り鐘状の乳房は、あどけなさを残す十八歳の少女にはミスマッチな大きさだった。気の強さを象徴したように、ツンと桜色の乳首が互いにソッポを向いている。

「いや、触らないで！　誰にも触らせたことがないの……私から何もかも奪うつもりなの？　ああ、ああんっ、いや、いやあああっ！」

詩織は悲鳴をあげて進の手首を摑んだ。

（揉まれるなら、好きな人と決めていたのにぃ）

張りと艶に富んだ白い肉山が無残にひしゃげられた。

「一回目の抜き差しで揉みしだいただろ？　今さら出し惜しみするものかよ。いつかは誰かに弄ばれるんだ。今は綺麗なビーチクも吸い込まれて熟成するんだ」

進は嗤いながら詩織の双球を鷲摑みにした。

「勝手なこと言わないで。うう、酷いぃ……あ、ああんっ、いや、あ、あんっ」

目の前に迫り上がった白い乳房は、不規則に揺れる。白く豊かな膨らみは、艶めかしく指と戯れている。うっすらとした疼きが少女の胸に押し寄せた。

「ふうん、ふっくらとした脂肉に満ちてるもんだ。あっさり深く沈むほど柔らかいが、跳ねかえす弾力もたっぷりある。どうやら本物みたいだな……」

真面目な顔で進は唸った。

「詩織のオッパイが偽物のはずないでしょ！　もう、あ、ああんっ、はあうっ、もお、あううっ、あ、ああんっ」

クイクイッと男は腰の繰り込みに余念がなかった。

（あう、どんどん奥深くまで進さんのペニスがやってくる……）

肉悦が想像力を刺激する。やがて、蹂躙せんと抉る巨大なペニスを、媚肉で締めつけてしまう。そうすれば、衝撃的な恍惚感を与えてくれると身体が暴走しはじめる。

「ククク、詩織の身体も女の反応を丸出しにするようになったな。それなら、敬意を表して俺も本気でアクメに飛ばしてやる」

「え、抜いてくれるの……ああ、助かった。え、えええ！　進、何をする気、いや、いやあああっ！」

ズブリッとアナルから進は肉棒を引き抜いた。まもなく、先端をラビアにあてがった。脚線美の片翼を天に捧げ持って、詩織の深奥へ怒棒を叩き込んだ。

（だめ、そっちだけは絶対に……もう一回中出しされたら……）

恍惚の愉悦を振りきり、詩織は桃尻を振り立てる。力なく左脚がゆらゆらと揺れた。

パンパンと小気味よく性根は腰を突き出す。

「気持ちいいんだろ。尻を振っておねだりしてるじゃねえか。何で泣いているんだよ？　中出しされて、孕まされる恐怖なんて忘れろよ」

「忘れられるわけないでしょ！　もう、あはうっ、いや、絶対に、んんんあっ！」

少女は半ば半狂乱で、帆立船の体位をほどく。うつ伏せになり、棺桶の縁へ両手をかける。緩慢な動きでも、この場から逃げようとした。

（もういや……妊娠したら体操ができなくなっちゃう……）

背後から容赦なくたわわな乳房を鷲摑みにされる。詩織の動きが一瞬止まる。刹那、進は渾身の一撃を桃尻に叩き込んだ。まるで身体を真っ二つに裂かれた衝撃が詩織の裸体に突き抜け、刷毛塗りの汗を飛ばす。

「あおーう、おおおーっ！　くうぅぅ、あっ、あっ！　ひぃ――んんっ」

怒濤の突き上げで、肉棒が詩織の子壺を抉り破った。一気に愛液が噴きこぼれて、若々しいヴァギナから溢れでる。禍々しい肉悦に桃尻が酔いしれて、極太ペニスをキリリと揉み千切った。

「んおおっ、ちょっと刺激が強すぎたなぁ……うおお、すごい喰いしばりだ。裏筋から尿道を経由してビリンッと来やがる。あ、ちょっとダメかな」

頭が真っ白になった詩織は、ただひたすらに肉棒を締め上げていた。

(ああ、もうダメぇ……一気にアソコからアナルまで引き攣ってしまう)

全身が性器になった錯覚を刷り込まれ、女体はプルプルと戦慄く。

「あ、イキたくない、あぁぁっ、ひいぃ……でも、身体がバラバラになりそう……あ、もう、ああ、いや、イキたくないのに、イグウッ……」

グンと若竹のごとくしなり、詩織の白い裸体がブルッと脈動した。膣奥から痙攣が始まり、女肉という女肉が快楽に収縮する。

「いやあ、子宮に二度目の精子が注がれてるぅ、あ、ああ、あ、熱いぃ、ひ、い、いや、いやあああっ！」

ドクンと青年の絶頂と少女の昇天が一致する。逞しい肉砲がいっせいに白煙を吹いた。大筒の爆《は》ぜる反作用に揺さぶられて、精液と肉棒が一体となり十八歳の少女の内奥で跳ね躍った。

(進さんの嘘つき……中出ししないって信じていたのに……恨んでやる……)

悪い悪いと爽快な声で嗤う悪魔に抱きすくめられ、少女は喜悦の底なし沼へ意識を沈めていった。

第五章　孕ませ絶頂

1

「やっと、遥と二人きりでセックスができるようになったわけだ」

妹二人が誠と共に出棺されてから、進は嬉々として言った。

（ああ、この子は最初から私だけを狙っていたのね……）

遥は少しずつ進の本性に触れていると感じていた。

「前当主の妻を性奴隷に堕とす。これができないと、今回の場合、俺は認めてもらえないんだよ。年齢にもよるけど、本来なら冷や飯の分家に下るはずだったからな」

「んんっ、そんなことはいいの！　お願いだから、中には出さないで」

必死に義姉は哀訴を続けた。

進はシャツとズボンを脱ぎながら笑った。

「ククク、義姉さん。まだワンピース姿じゃない。中出しなんて、話が飛びすぎだよ。ただ、隷属の姿勢を見せてくれれば、考えなくもない」

チラッと漆黒のワンピースの裾下を見て、進は息を吐いた。

「壁に耳あり障子に目ありって言うからねぇ。いくら、僕がいいと言っても一族が黙っているかどうか。それぐらいいいだろう、遥義姉さん」

粘っこい光が進の瞳に舞い降りる。雄々しい迫力に、遥は頷《うなず》いてしまう。

「わかったわよ。ううっ、で、どうすればいいの？」

すかさず、進は義姉の言葉を修正する。

「どうすればいいんですか？　だろ。まあ、今は無礼講にしておくけど。別に難しいことはないさ。能動的になればいいだけ」

パチパチと遥は大きな黒い瞳を瞬かせた。

「意味がよくわからないんだけど……つまり、あなたに奉仕するようセックスしろということかしら？」

パチパチと進は柏手を打った。

「そう！　ようやく塩梅を理解できるようになったね。ちなみに、出棺した由果と詩織は、遥義姉さん次第で天国か地獄か行き先が決まるから」

「意味不明なんだけど……人質ってことかしら」

「反対したんだけどね。祖父ちゃんに脅されてさ。今頃、舌なめずりをして棺桶の二人を眺めていると思う」

怒りとも不安ともつかぬ怯えに、遥の白魚のような指先が震えた。

（誠さんの葬儀に出るつもりだったのに……）

すっかり葬儀からかけ離れてしまったと未亡人は肩を落とした。妹二人は眼を覚ますのか疑わしいほど深く眠っていた。

「何をしているのさ。ほら、早くしてよ」

無邪気に進は嗤った。股間の肉棒は硬くそそり勃ち天に向いている。

諦念が遥の胸に広がっていく。ワンピースに指をかけると、進に待ったをかけられた。

「え、服を脱げって言ったじゃない……」

恥を失いつつある遥の美貌が朱色に染まった。

（はしたないことが平気で口から出ている……）

三姉妹の中で最もおっとりしていると言われていた。口数が少なく、人間関係を和やかにするのは自分次第だと気づくまで時間を要しなかった。それならば、せめて清楚で高潔な心を持とうと自戒してきた。

(淫らな女に堕ちたくない……この場かぎりにさせて……)

愛する男が骨に還るまでの二時間、耐えればいい。一カ月後の検査までに一ノ瀬財閥から逃げおおせる方法で遥の頭はいっぱいだった。

そんな義姉にかまわず、進は畳の上に大の字に仰向けになる。

「こっちに来るんだ、義姉さん」

「何をすればいいの? よくわからないわ……」

戸惑う遥に進は呆れたように言った。

「能動的な奉仕セックスだよ! さっき遥義姉さんが言ったことだろ」

疲労が溜まってきたのか、進の言葉に苛立ちを感じた。

(フェラチオをしろというのかしら? 詩織がしたような……)

遥は淫戯に長《た》けていない。優しかった亡き夫は、美女の言いなりに上げ膳据え膳のセックスをしてくれた。おぞましく濡れ光る肉棒など、頬張りたくはない。

(あんな汚らわしいモノを口に入れるなんて……)

躊躇に肢体をくねらせる遥へ進は言った。

「遥義姉さんにフェラチオなんて要求しない。最初は俺の言うとおりにムッチリしたケツを差しだせばいいんだよ。ほら、跨《また》いでここに立つんだ」

屈辱感に二十七歳の熟女は怒りを覚えた。何とか胸の内に鎮めて、男の腰を跨ぐように立った。進はニヤリと相好《そうごう》を崩す。

「本当にショーツを穿いて来なかったんだ……のり弁が丸見えだよ。貞淑な女が台無しだなあ、こりゃ」

「ううう……進の命令でしょ！　こんな恥ずかしいこと、二度と御免だわ」

抑えきれない怒気が遥の声を震わせた。

「そこまで来れば、あとはどうすればいいかわかるよね？」

唐突な言葉に、未亡人は白魚の指を擦り合わせる。フレアスカートの裾を押さえて下を見た。

（まだ、全然萎えていない……どういうこと!?　由果や詩織にさんざん射精しても膨れ腫れているなんて……）

聳え立つ肉茎に衰えの気配を感じることができない。毒々しく赤黒い亀頭はパンパンに膨張している。カリ高な急峻に続く肉幹も太い。飴色の薄皮に牡欲を一杯に蓄えて、蒼黒い血管を蜘蛛の巣のように巡らせていた。

「そんなにジックリ見ないでよ。モノ欲しそうにしなくても、嫌というほど咥えてもらうからさ。淫乱義姉さんの視線で、ますます滾っちゃうよ」

「恐ろしいことを言わないで！　私があなたのモノを欲しがるはずないじゃない。こんなはしたないこと、早く終わらせたいだけなの。誤解しないで！」

未亡人は腕を組んで、視線を逸らした。熟成した豊乳がワンピースの中で揺らめく。生々しい躍動が布地を波打たせ、進の視線を惹きつけた。

「どこを見ているのよ？　次、何をすればいいのかしら……」

進は淫棒を揺らして、アッサリ言った。

「膝立ちに座って……そう、腰を落とすんだ。もっとだよ」

命令どおり、遥は膝をおって臀部を静々と沈めていく。

(腰を落とすって……このままじゃ、進くんのモノに……)

陰唇が触れてしまう。恐々として桃尻をピクピクと震わせた。逞しさを漂わせる太ももが真っ白な絹肌を覗かせた。中腰の姿勢は維持が難しく、自然と女体は前のめりとなる。

「オーライ、オーライ……はいストップ。そうね、その姿勢をキープして。兄さんが骨になるまで、腰は上げるなよ！　落とすのは全然いいからさ」

卑猥に嗤う進の顔を見て遥は呻いた。

（この姿勢を二時間!?　ありえないわ……おまけに……）

両手を後ろ手に組む命令まで受けていた。

「ううっ……何をしたいのよ。私を嬲って楽しいの!?　優しい子だと思っていたのに。本当に義姉さんは悲しいわ……」

進はキョトンとした表情で肉刀を左右に振った。

「騎乗位の奉仕も知らない女に、正常位で我慢した兄さんのほうが悲しい気がするけど。至れり尽くせりのセックスしか知らない淫乱義姉さん」

カッと義姉の血液が沸騰する。

「淫乱なのは私じゃなくて、進でしょ!?　このまま二時間拷問させられる私の身体も考えてちょうだい」

「二時間保《も》てばいいけどね……ふふ、腰は落としていいんだよ。義姉さんの意志で自由にしてください……」

ギュッと美貌を崩し、美女は悔しさに唇を歪めた。

（熱いぃ……ペニスが小陰唇を打ってくるぅ……あ、あうううっ！）

微妙に動く怒棒の先端が秘裂を擂り上げる。小刻みな摩擦がやむことはなく、ピクピクと亀頭の震えが遥の桃尻を鋭く跳ねさせた。

淫欲に駆られはじめた二十七歳の未亡人に、進は予想外の質問を投げかける。

「ところで、義姉さん。兄さんとは勤め先で知り合ったんだよね？　事実婚で会社に報告して辞めたのかなぁ……普通はありえないけど」

嫌な胸騒ぎが遥の心に広がる。

「会社には……うっ！　寿退社で報告しています。あなたには関係ないことよ。よけいなお世話を、いんっ、言わないで」

無様で淫らな姿勢に、遥は屈辱感しか覚えない。

(少しずつペニスが大きくなっている……あ、小陰唇と絡まってはいや！)

愚直に命令を守る熟れた尻間がもどかしげに揺れた。

(愛液が流れている……)

遥の脳内にあらぬ妄想が明確なビジョンとして現れる。

女芯から熱い水飴が媚肉を濡らし、こぼれ落ちていく。二枚の薄い粘膜がアメーバのように亀頭へ纏《まと》わりつき、鈴口へ淫液を注ぎ込む。黒い窪みが愛液をごくごくと飲み込み、遥の裏肉に潜り込もうと充血する。

「垂れ込みがあってね……夫婦別姓で、遥義姉さんが復職を希望していると」

ピクンと美女の腰が揺れる。

「あううっ……よけいなお世話だわ、うぐうっ……だから、どうしたというのかしら。何も迷惑をかけていないわ。一ノ瀬家と関係ないでしょ」

望まぬ快楽に、悩ましげに女の頤が歪む。

「計画結婚だったんじゃない？」

「ど、どういう意味よ！　まだ結婚詐欺を疑っているの？」

熱い痺れにゆらゆらと白い尻が動く。

「結婚届があったんだよねぇ。日付は来年になっていたけど……つまり、二年間いっしょに暮らして、問題なかったら正式な手続きを踏むと……」

プルプルと陶磁器のような熟れ肌が震える。

(何でアソコがここまで蕩けていくの……一度くらいの抜き差しで、性欲に目覚めたりしないはずなのに……勝手にヌメリが酷くなる)

「ふぐううっ……誠さんが生きていたら、正式に結婚する予定だった。はあううっ、でも、あの人は亡くなってしまったわ。納得いったでしょ。もう、由果と詩織は解放してちょうだい。お願いぃ……」

屈辱と恥辱に遥の目から涙が流れ落ちる。啜り泣きの哀訴は、留められない愉悦に上擦った。その一方で隠しようのない淫靡な湿り気を帯びてしまう。

次の瞬間、遥は本能的に殺気を感じとる。進の目を見ると、淫欲と血の気に飢えた光で爛々としていた。

「そうだねぇ。俺の願いを聞いてくれたら解放する。一ノ瀬家の慣習に従い、当主の判断で妹たちを自由にしてあげる」

苦悶と愉悦に疲れ果て、遥はつい義弟の言葉を呑んでしまう。

「いいわよ。何かしら？」

ギラリと進の瞳が力を帯びるのを義姉は感じた。

「結婚届に一ノ瀬進の名前を記入することさ。兄さんには抜けているところがあってさ。名前、書いてなかったんだよ。俺の名前にしてくれればいい」

小学生のような要求に、遥は否定する間を与えられなかった。

「冗談はやめて……ああんっ、いやいや、すごいぃ……いきなり、そんな、ああんっ、おほおおっ、裂けちゃうぅ！」

グイイッと進は股座《またぐら》を開いた。中腰の遥の膝下が大きく左右に移動する。ぐらッと前のめりになった美女は腰を上げまいとのけ反ってしまう。すると、たやすくムッチりした白桃が進の股間に突き刺さる。

（があああっ、何とか、何とかして抜かないと……）

あわあわと抵抗する遥の身体は肉杭から外れない。

「どうしたんだよ、淫乱な遥義姉さん」

軽蔑と哀れみを滲ませて、進はゆらゆらと腰を回す。

「何てことを……あんっ、あんんっ、ふあっ、あお――んんっ……」

恍惚の快楽に遥の腰がとろけていく。喪服ワンピースを靡かせて、熟女は会心の一撃を堪えようとした。背骨が折れんほどに身体をのけ反らせる。内奥で煮えたぎり膨張する穢れた欲望を抑えるべく、息を荒げた。

（いやよぉ！　進くんのペニスの虜になんか……どうして身体がこんな……）

獣のような遠吠えを遥は繰り返す。

「あふうっ、こんな……ああ、あんっ、あんっ、ああんっ、いや、もういやなのぉ……どうにかしてっ！」

ありあまる劇悦の嵐に義姉は肢体をよがらせた。

進は意地悪そうに、悪魔の言葉を囁く。

「そうねぇ、どうにかしてほしいなら、まずは服を脱がないと。ほら、しがらみは身体から解き放たないと、無理をする羽目になるよ」

進は訳のわからない屁理屈を言う。

「あううっ、服を脱げばいいの!? そ、そうね……」

遥は淫欲の熱に浮かされていた。燃え盛る炎に炙られるようにクネクネと身体をよがらせながら、ワンピースのファスナーを引き下ろす。

「本当に脱いじゃった。おいおい、騎乗位しながらストリップかよ。すごいエロい女なんだなあ、遥義姉さんは。どう? 裸になると楽になるだろ?」

悪魔は眼を細めて、義姉の裸体を見上げた。

「はあぁんっ、身体が軽くなったような……あ、あぁんっ、ううんっ、でも、気持ちいいの止まらないぃ……あぁんっ、動いちゃいやん」

ぽってりした厚い唇を半開きにして、遥は義弟を睨む。

(ああ、こんなすごいセックスやめてぇ……勝手に身体が動いちゃうぅ)

遥は肉体の暴走を食い止めるのが精一杯だった。

(騎乗位でも女の壺を突いてくるぅ……)

義弟は信じられないほど巧みに熟れた女心の隙間を埋めてくる。ポルチオ周辺をごっそりなぞり、肉圧でGスポットを抉ってきた。短く鋭いストロークは、ボリュームのある遥のヒップを浮かせるほど激しく色あせない力加減まで備わっている。

進は感心したように大きく息を吸った。

「ほお、持ちなおしかけているな。義姉さんだけが持ちえる奥ゆかしさだ。本来なら、一回はアクメに達するもんだが、なんとか堪えているようだ。素晴らしい。だからこそ、堕とし甲斐があるんだよ」

肉感的な白い裸体は、男の言葉どおりにいくわけがなかった。

(持ち直してなんかいない……身体が浮きそうな感覚……)

パンパンと生尻を揺らしてしまう。捏ねた餅のような膣肉が肉棒へ絡みつき、子種を搾り取らんと圧着するのを感じとった。トロンと溢れ出ていた愛液はドロドロになり、肉杭を内部へと誘導していく。

(ナマでズッシリとくる……)

逞しい肉棒が遥の子宮頸部に嵌まる。何度も突き抉られ、義姉は白目を剝きかける獄炎に襲われた。必死に理性を掻き寄せ、それにしがみついた。

「クネクネと機械人形みたいによがっちゃってまあ。気持ちいいのはわかるけど、俺の女になると誓わなければ、イカせてやらないぞ！」

「誰があなたの女になんか……ふざけないで。いや、そんな……あぐうっ、そこだめ、ああんっ、擦らないでぇ。動いちゃいやあ……」

気がつけば、遥は後背位にされていた。

(性感帯を開発されている……)

完全に進のペースに巻き込まれている。それでも、熟尻が淫らに快楽を貪《むさぼ》ろうと動いてしまう。進は二十七歳の美女を堕とすために、繰り返し同じスポットを責めてきた。

「ククク、ここがいいだろう? 兄さんとのセックスで得られなかったエクスタシーをお前は感じるんだ。その代償に、清楚で高潔な鉄面皮で兄さんと過ごした時間を消し去ってやる。オラ! そこか? こっちか?」

「勝手なことばかり並べて! あああんっ、いやっ……そこだめ、ああんっ、そっちも、ああんっ、あんっ……身体が弾けちゃうぅ!」

ドクンとたわわな乳房が脈動する。背後から腰を掴まれて、遥はいいように怒棒を叩き込まれた。すでに腰を勝手に振っていた。

(頭がボウッとして、真っ白になっていくぅ……)

あどけなさの残る進の腰繰りに翻弄される屈辱は耐えがたいが、進に開発された性感スポットをカリ肉で擦られる快楽は、女の悦びを漲《みなぎ》らせた。

「ああんっ、く、悔しい……なんで進くんなんかに……腰砕けにされてしまうのぉ」

啜り泣く遥の敗北宣言で、進の肉棒は鋭さを増す。

（ああ、誠さん……助けて。私の子宮が進に奪われる）

みっちりと押し拡げられる充足感に熱量が加わり、熟れた媚肉が焦がされていく。

膣道に眠る粒襞をコリンッと削られると、子宮が切なく収縮した。

「ククク、完全に抵抗する気が失せたようだな。もう、快楽を抑え込む戦意も喪失したか……だが、このままでは駄目だ」

「ああんっ！　ううっ、何を、はああっ、駄目、激しくされると、ああんっ」

力強いピストン運動が遥を襲う。

（先の読めない動きだわ……）

快楽を奏でる剛直の責め方は、今までの遥のセックスを否定するものだった。

（焦らされたり激しくされたり……ついていけないのに……）

予測不可能な快楽に熟女は幻惑された。汗ばんだ桃尻を振りたくり、重たげに乳房が揺らめく。必死に肉棒を捉えようとしても、徒労に終わった。

「クククク、いくら捏ね餅のマ×コでも、肉饅は摑めないさ……」

「あ、ああんっ、そんなの嫌、でも……はあんっ、あ、ああんっ……」

クイクイッと義弟はあからさまに肉棒の突き方を変えていく。遥はついていけず、甘い喘ぎをこぼすばかりだった。

(なぜ、ここまで感じてしまうようになったの!?)

取り返しのつかない肉欲の嵐に理性が崩壊していく。

進はポツリと呟いた。

「まだ、遥義姉さんはわからないの？　義姉さんが望んでいたのは、兄さんと幸せな時間を過ごすことじゃない。淫乱な肉壺を心地よく埋めてくれるご主人様さ。だから、牝犬みたいに腰を振っているのさ」

「遥を性欲の塊みたいに言わないで！　はあんっ、だからそこは駄目だってばぁ。ううっ、もう、抜いてちょうだいぃ……あ、ああんっ」

卑猥な台詞を口にして、未亡人は顔から火が出そうだった。

(鋭く力強い衝撃がなりを潜めている……流石の進くんもスタミナ切れを起こしているのかしら。相変わらず、ああんっ、アソコの掻痒感は桁外れだけど)

熟女の腰が妖艶に揺らめく。無意識に男の抜き差しを誘ってしまう。身体中の白い柔肉が汗に煌めいた。モノ欲しそうに桃尻が股間へ近づくと、進はふっと腰を引かせた。

「ん!? 何、どうしたの？ 抜いてほしいんでしょ？ 急激なストップアンドゴーをすると、義姉さんの疼きが跳ね上がるからね。ゆっくりやっていくよ。まだ、時間はあるんだから」

チラリと二人は部屋の時計を見た。骨上げまで一時間以上残されていた。

（進はずっと抜き差しを繰り返すつもりなの!?）

ぐっしょりと濡れた女体が固まってしまう。

（弱点をとことん突いてくるわね……）

二十七歳の美女はせっかちな性格だった。痒いところまで手が届く淫戯を亡き夫に要求したのは、遥の性格もたぶんに影響している。

（長時間は苦手なのに……）

おっとりした性分の遥は、淫戯を早く済ませたがった。無駄な時間と言いきれないぶん、夫にも短気な面を隠していた。

「私の心配をしてくれるなら、妹たちを解放して。疼いてなんかいないわ。だから、早く抜いてちょうだい……あううっ、ううんっ、んああっ！」

熟れた脂肪ののった膣壺は極太ペニスに馴染まされている。

「そうなんだ、ふーん……」

進はどこ吹く風という態度で、抜き差しを止めようとしない。

グチュグチュと結合の音が響き渡る。

「義姉さん、早く抜かれるのが好きなんだね」

のんきな念押しに、遥の腰はビクッと跳ねた。

「違うわ、何をふざけて……あ、あうっ！　いきなり擦り上げろなんて……ああっ、あはうっ、もうっ、いやっ、あ、ああんっ！」

プチプチと粒襞がカリ肉に擦り潰されそうになる。淫らな炎が大きくなり、膣奥をジクジクと疼かせた。不意に濡れた瞳で遥は振り向いた。

(この子は私がイカないことを確信している……)

由果や詩織と違い、遥の熟成した飢えた痴肉は刺激に慣れやすい。極太ペニスに違和感を覚えず、快楽の度合いが予想できると、耐性が強くなる。

(必要以上に力を入れていない……)

久しぶりの一撃とは明らかに違う。いじらしいほど微妙な焦らしに桃尻が動かされる。ドロドロの愛液を巧みに利用し、青年は熟欲を引っ張り出そうとしていた。

(それにしても、自制心は凄まじいわ……)

一般的な二十歳の男なら、己が性欲を満たそうと力押しでやってくる。ところが、背後の悪魔のような青年には一時的な征服欲を超える何かを感じた。

（もしかしたら、由果や詩織を巻き込むのも、計算していたのかしら……）

不思議な被虐感と背徳感に遥は襲われだしていた。社会経験を積み、精神的に成熟した遥を手玉にとっているのは、あどけなさすら残す年下の青年だったからだ。

「物足りないって感じだね、義姉さん。でも、あともう少し耐えれば助かるよ。遥義姉さんがおねだりするか、アクメに達しなければ中出ししないさ」

遥が拍子抜けするくらいハードルをさげた。

「あっ、あっ、はあぁんっ……おねだりなんて誰がしますか!? ううっ、もう少しって、まだタップリ時間があるじゃないの……ううっ、あ、ああんっ」

焦らしといっても抜き差しは継続している。ゆっくりと肉棒が出入りするたびに、ジワジワと子宮が焦がされた。熟肉はヒクつき、美女の括れた腰回りに重い痺れがほとばしる。

（あれ、このリズムは誠さんの……）

刹那、未亡人は確信した。

凌辱者は亡き夫で染みついた律動を真似て、熟欲を焚きつけているのだ。義弟は諦めているわけではなく、意地でも自分を堕とそうとしている。

（いやよ！　絶対にいや……夫の腰繰りで貞操をやぶるなんて……）

相手は愛する夫ではない。身体も心もむしゃぶりつくそうと企てる義弟なのだ。手段を選ばず義姉を快楽の虜に上書きする進に屈するわけにはいかなかった。

だが、二十七歳の熟女の身体は正直だった。

「ここまで淫らに尻を振ってくれれば充分だな」

進のあどけない声は、遥に衝撃的な事実を突きつけた。

（進は何もしていなかったの!?　私が勝手にこの子のペニスを咥え込んで動かしていたんだわ……そんなことに気づかないなんて）

知らず知らずのうちに、義弟は腰の動きを止めていた。後背位で淫欲と格闘する遥は、無意識に刷り込まれたセックスのリズムを求め、自ら腰を振っていたことになる。

「ククク、俺も筆休みできた。さて、本気で行くか……」

力を取り戻した進の屈強な意思に遥は混乱する。

「そんな……来ないで！　もう充分じゃない、あああんっ、これ以上激しくされたらああ、あんっ、お願い、お願いしますぅ」

悲鳴をあげて、義姉は這い進む。たわわな乳房がタプタプと揺れて、肉杭が外れかける。ムチムチした満月のような尻が迫り上がった。

青年は哀れむように遥の乳房を鷲摑みにした。

「やっぱり、兄さんのセックスでは満たされなかったんだね。可哀そうに……」

雄々しい刺激が遥の肢体を硬直させる。皮肉にも双房からはみ出た乳首は、淫らに尖りしこっていく。

「はうっ！　おほ、これ、これすごい、いいん……やあ、やあ！　あんっ、もういやああっ……ああ、凄、い、ひいい……激しくしないでぇ！　あ、ああんっ……」

ヌルッと怒張が滑りこみ、膣底にタッチする。ビクビクッと熟れた裸体がしなった。バスト八十八の豊満な生乳が圧しひずみ、遥は熟欲を爆発させた。

（ああんっ、このあとをひく感覚が堪らないのぉ……）

ジャズのような一見無秩序な律動が遥の蜂尻にズシンと響く。

「ふふ、素敵だ、遥。こっちを向いてくれよ」

艶々の黒髪が左右に揺らめくなか、義弟はうなじに顔を埋める。

「はあんっ、そんなこと……はあ、はうむ……んっ、んんむちゅう、んあ、アソコが焦げちゃううう……ああ、気持ちよくて蕩けちゃうぅ」

悩ましげに振り返る遥の唇が奪われる。進の口内に妖艶な肉悦を吐き出す。舌を絡め合い唾液を啜り合いながら、股間をぶつけ合う。

（ああ、ついに進くんを認めてしまった……）

義姉にとって、それは亡き夫の否定であった。

「ククク、遥義姉さん。ついに俺とのセックスを受け入れたな。ふふふ、あとは心地よくお前をイカせるだけだ。何もかも忘れさせてやる」

ゾクッと女芯が痺れた。

ゴリゴリッとカリエラに遥の膣襞が削られる。燃える泥濘に肉槍を突き立てられて、義姉は牝の咆哮をあげた。どうしようもない愉悦に意識が飛びそうになる。

「ああんっ、いや、中には、それだけは、はあんっ……やめてぇ！」

「義姉さんは俺のを咥えて離さないぜ」

ズドンと肉瘤で子宮を乱打され、遥は悩ましく仰け反った。

（もう、アソコが痙攣してきた……ああ、このままでは……）

バーナーで炙られる感触で、遥の膣筋はピクピクと引き攣りだす。喜悦の震えは義姉の意思に反して、膣筒全体に広がっていく。

「もう、激しく突かないでぇ……ああ、こんな、んんんっ、おほ、あはんっ……く、くるう、イクうう……うぐうっ、イグウウッ！」

ドクンドクンと熟れた女体が波を打っていた。きめ細かい白い肌が汗びっしょりに濡れ浸り、遥は小刻みに全身をわななかせる。怒棒を摘まみ捻り、子宮へ射精を促《うなが》してしまう。

進は微かに嗤って遥の最奥へ腰を突き出した。いっせいに白い花火が上がり、子宮の中で綺麗な淫花を咲かせ、義姉の意識ごと断ち切っていった。

2

その翌日、斎場の女性専用トイレに遥はいた。

(これで誠さんとは、お別れになるのね……)

進に脅迫され中出しの屈辱を受けた。ついに、気を遣っている間に、浴槽で女中が身体を洗ったと一ノ瀬太郎から説明された。ついに、火葬の骨上げはできずじまいだった。

「由果さんにももう一泊してもらいました。詩織さんは学校がありますから、お帰りいただきましたので、問題ありません」

何が問題ないのか、遥にはよく理解できなかった。

(詩織は大丈夫だったのかしら……)

ぐるりと周囲を見まわした。

斎場に使った部屋の横は、休息所になっている。由果が通夜で進に貫かれたとき、遥は詩織とこの部屋で眠っていた。

（由果も大変だったわね……）

二十四時間、相手をしていたら精神崩壊してしまうので、メリハリをつけるため、休息所のような場所を用意してあるらしい。

女性の葬儀担当者は寝室にやってくるなり、言い訳がましい説明を始めた。

「実際には、今日が本葬儀にあたりますから、まあ、万全の準備を整えていただきたいということもありますね」

日の出の時刻に寝室へやってきた葬儀担当者は、「葬儀の二部構成」の真相を語った。今までの密葬は「葬儀」に当たらないという説明だが、遥には理解できないことだった。

「それでは、今日出棺して、火葬、納骨というわけではないんですね？」

薄いピンク色のネグリジェ姿で、遥は念を押した。

（だいたい、何でこんな姿を……）

葬儀という神聖なものに相応《ふさわ》しくないだろう。しかし、義姉は胸にモヤモヤと渦巻く葛藤《かっとう》を、口に出せなくなっていた。

（あれだけ、進くんとセックスしてきた自分は、物申す立場にない）

寝室を共にしていた由果が口を開いた。

「問題は、本葬儀の目的がぼやけていることかしら……これは誰が決めたの？」

「一ノ瀬家の当主に従ったまでです。それでは、三時間後に葬儀は始めますので……」

葬儀担当者は、一礼して去っていった。

何かが引っかかるものの、遥は他に心配事があったので、すぐに思考を切り替えた。

ライトブルーのネグリジェ姿の由果は、遥に排卵検査薬を渡した。

「さすがに、本葬儀となれば進かが手を出すとは考えにくいわ。遥さんは、よけいなことを考えず、トイレに行ってらっしゃい」

遥は排卵検査薬を持っていない。一ノ瀬家の慣習が女心にのしかかる。

（産めよ育てよの文化の名残り……か）

遥はトイレに入ってため息をついた。

一ノ瀬家の慣習では、少子高齢化対策として、女性の避妊具使用禁止と男性の凌辱合法化が横行していると聞いた。

「結果はおおよそわかるけど……」

義姉はぼそっと呟いた。

豪勢な作りのトイレは、寝室と完全に隔離されている。セキュリティロックも厳重に施されており、女性にこのうえない安心感を与えていた。

至極わかりやすく、シンプルな結果に遥は凍りつく。

(う、嘘。これは、もう完全にヤバい状況じゃない!)

レッドラインを示す試薬を見て、遥は言葉を失う。

そのとき、トイレのドアが音もなく開いた。

衝撃を受けていた義姉は、眼前に進がいる状況を認識できなかった。青年の背後には、恐悦に美貌を歪ませ、裸体で横たわる由果の姿があった。

(何、どうなっているの! なぜ、進くんがここに?)

おまけに進は寝間着の浴衣を脱いで、全裸になっていた。

呆然とする遥に、進はセキュリティロック解錠のカードを見せた。

「義姉さんも迂闊《うかつ》だよねぇ。いちおうここは一ノ瀬家の敷地内。どんな目に遭うか、よくよく考えないと。おまけに、由果さんは朝、弱いタイプだから全然楽しめないんだ」

平然と恐ろしいことを言い放つ青年に、二十七歳の美女は悲鳴をあげようとした。

「うぐうっ、むぐうっ！」

すうっと進は義姉に跨り、唇を奪ってきた。振りほどこうともがく遥の手から、排卵検査薬のキットを取り去る。後ろ手に追いやられ、顔を背けた義姉のうなじをペロリと舐め上げた。

（いやあっ、朝から何なのぉ！）

しばらく、進は遥の神経を落ち着かせるよう、丁寧に牝肌を舐めたくる。つつっと舌先で耳目の裏を這いまわり、ふっと息を吹きかけた。

ジタバタとしていた女体の抵抗が弱まると、ゆっくり離れていった。

「ちょっと！　もうやめてちょうだい！　由果は気を失っているじゃない。一ノ瀬家の当主は、性欲を満足させるためなら、平気で鬼畜になってもいいの？」

「ん？　ああ、義姉さん、完全に眼を覚ましたんだ。ふふ、排卵検査薬の結果は、レッドガードかぁ。それでへこんでいたんだ？　今さぁ、由果に遥のヴァギナを刺し貫かない約束を迫られてさ。まあ、できるだけ約束は守るよ」

飄々《ひょうひょう》とした顔で進は由果の脚を指さした。正常位でM字開脚に横たわる由果は、ライトブルーのネグリジェを引き裂かれ、茫然自失の状態で膣ヒダから白蜜を垂れ流していた。

「また、私をレイプするつもり？　肉奴隷には自由というのがないのかしら？」

「あれ、義姉さん、自分が肉奴隷だと認めるの？　認めているフリだろうと思っていたんだけどな。だからさあ、由果をダシに、説得しにきたつもりなんだけど。これから、由果のオッパイを吸おうと思ってさ」

遥は、瞳をキラキラさせる進の姿に呆然とした。

（全然、答えになっていない）

すでに一ノ瀬家の当主の意識より、義姉の身体にしか興味はないようだった。

「う、う、どうすれば、由果とのセックスをやめてくれるの？」

これ以上、由果を犠牲にしたくない意識が、遥の原動力になっていた。

「遥が肉奴隷になることが、最低ラインかな。いきなり専任肉奴隷になって、発狂されても困っちゃうからね。そこまではジワジワと調教するって流れかな」

「ど、どんな流れなのよ……専任肉奴隷と何が違うのよ」

遥がもどかし気に肢体を揺すると、進が由果から身体を離した。

「違いって……口で説明するより、身体で覚えたほうが早いんだ」

訳のわからない言葉を吐いて、進は義姉のほうににじり寄った。

怯える遥の肌には無数の鳥肌が立つ。進はかまわず、つるりとした義姉の桃尻に手のひらをのせて、ポンポンと叩いた。

「き、気安く叩かないでちょうだい！」

「さっき、義姉さんは肉奴隷を認めたんでしょ。それを由果さんが止めてくれたんだから、ありがたく思わないとね。肉奴隷は時間潰しに、当主の性欲を満たす役割を果たすんだ。専任肉奴隷になってもらうまで、時間はかからないよ」

進は、グイッと遥の片脚を上げて股座を開いた。義姉は、羞恥と恥辱で肢体が燃えあがりそうになる。

（ううう、まだアソコがジクジクジンジンする……灼けつくような熱が籠もってる）

義姉の豊満な裸体には、進から受けた凌辱の爪痕が残っていた。進は赤黒く膨れ上がった切っ先をあっという間に、遥の女芯へあてがった。

「ちょ、ちょっとちょっと！　勝手なことはやめて！　結合しないっていったのはあなたでしょ。約束は守るって」

「約束を守る代わりに、由果を嵌めまくる予定だったんだ。それを反故《ほご》にして義姉さんが肉奴隷になるんでしょ？　ならないんだったら、由果を孕ますことになる。ナマで入れるけど、ナマで中には出さないから」

そう言うと、進はゆっくり怒張で肉弁をなぞりだした。

「あんっ、絶対に出さないでよ！　はううっ……」

ビクンと身体を震わせ、遥はペニスを見た。

（何か、毎回、大きくなっているような……）

明らかに色合いや猛々しさが違うように見えた。

男の手がネグリジェの生地をあっという間に、ビリビリと裂いていく。

「いやあ、乱暴にしないで！　ねえ、お願いよぉ……あ、あんんっ！」

ブラジャーとショーツを剝ぎ取られ、わっと義姉は両腕でバストを隠す。むっちりとした太ももをピタッと閉じるが、進は膝頭を摑み、強引に左右へ開く。

「今さら、諦めが悪いよ、遥。ほら、コイツが欲しいだろ？」

黒芝のアンダーヘアに隠れる肉土手へ、進は怒張をあてがった。

「ううっ、そんな……あんん、信じられない……」

条件反射のように、みるみる膣肉が充血し煌めく粘液で潤っていく。

「熱いわ……すごいのぉ……焼き鏝《ごて》みたい、あっ！」

みっちりと薄皮に牡欲を閉じ込めた怪物は、義姉のクレバスをゆっくり割り裂いていく。粘り気のある水音をたてて、進は亀頭でラビアをくじる。

（一気に貫いてこないのね……）

既に、遥の子宮に肉棒を打ち込まれていた。現状で孕む可能性も否定できないながら、もう一発食らえば、間違いなく妊娠すると本能でわかっていた。

「えっ、そんなとこ触らないで……はあんっ！」

進は次に陰核を突き出させた。すぐにペロンと皮が剝けて、ムクムクと尖り勃ち真珠に膨らむ。進の手つきは執拗に、熟女の性感を剝き出しにしていった。

「別の生物みたいにピクリと動くね。こっちと比べてどちらが敏感かな？」

「あんっ！　いきなり触らないでぇ……ひゃんんっ、んんはあっ」

美女が手ブラの下に隠していたメロンバストの先端を、進が摘まみ上げる。肉苺もまた硬くしこり勃っていた。

（抜き差しではなく、性感帯ばかりを狙って……）

密合を重ねている影響で、遥の裸体は性感が昂っていた。おまけに、男の手つきはいやらしさを微塵も感じさせないため、否が応でも甘い吐息が漏れ出していく。

「はああっ、んんんっ！　乳首はダメェ。あんっ、え、えええっ……」

バッと手ブラを解かれた、遥の胸元から砲弾のように迫力のある乳房が飛び出した。

進は改めて口笛を吹き、ゆっくり乳首を口に咥えた。

（さっきと違う……すごい丁寧に、ああ、このままでは……）

片方の乳首を指で、もう片方を舐めしゃぶられる義姉は、抵抗もできずギュッと屈辱を堪えるため思わず瞼を閉じた。

（ううんっ、ザラリとした感触と擦りこまれる刺激が……）

まるで、二十七歳の美女に眠る性欲を根こそぎ掘り起こすような技巧に、遥は我慢できず、くねくねと腰をよじった。

「ふふ、しこりが大きくなった。クリトリスも感じるみたいだけど、義姉さんはオッパイのほうが感度高いね。吸い上げてみるか……」

「お、お願いだからよけいなことはしない……で、えええんっ、んはあっ！」

自然に遥の声は上擦り、心地よいほど澄んでいく。

「ふうっ、はあああ……そんなに遥のオッパイを弄らないでぇ」

淫炎がポッと性感帯に灯り、義姉は肉欲に絡まれはじめる。進は遥に覆いかぶさり、白いたわわな実りを揉み上げた。目の前に迫り上がった白い乳房は、不規則に揺れる。

（やだ、こんな弄《もてあそ》ばれて……でも、悪くない……）

ふっくらと脂肉ののった美乳にむしゃぶりつく青年は、赤ん坊のようにあどけなく感じる。ただし、吸いつきは赤ん坊の比ではない。遥の張りと艶に富んだ外見に逆らわず、進は指を滑りこませた。

「あっさり深く沈むほどの柔らかさを持ちながら、跳ねかえす弾力もたっぷりある。良質の熟れた脂肪が、義姉さんのオッパイにはあるんだね」

身体の芯がカアアッと熱くなる感覚に、遥の首筋はほんのり朱く染まった。

(いちいちそんなこと、言わなくても……)

青年はなかなか義姉の双房から手を離さない。少し間をおけば、プルプルと弾力を取り戻す豊かなふくらみを巧みに揉み上げ、ときに鷲摑みにして、こね回す。

「ああんっ、今度はアソコを……ああ、ナマは嫌なのにぃ」

嘆く暇《いとま》もなく、遥の女芯にゆっくり怒張がやってきた。一気に突き破られるのとは異なる快感と苦痛が交錯する。

「由果と比べると、けっこう狭いのかな……弾力性が強いせいか、膣口で押し込むような感触がいつもするなぁ」

恐ろしい慎重さで、進は遥の性感帯を一つ一つ探り、刺激を送り込んできた。掻痒感が一気に強くなり、胎内がキュウッと搾られた。

(ああ、逞しいモノがアソコを舐めまわっている)

ズズズウ……。

グリッと捻りこまれる遥は、眼を白黒させる衝撃に全身の力が抜ける。

（いやっ、嬲られるのは、もうたくさん……）

それでも、野太い亀頭へ熟女の飢えた痴肉は吸いついていく。淫らな熱が胎内を蕩けさせ、肉汁を肉幹に絡ませる。信じられない衝撃が遥の肢体を貫き、こってりと快楽を刷り込まれていく。

「いや、もうっ……いいでしょう？　ゆ、許してぇ」

遥は叶わぬ哀訴を上擦らせて振り返った。むんずと摑んだ手首からは、アクメへ堕とす並々ならぬ覚悟すら伝わってきた。

「もう、ジャボジャボに濡れてるじゃん。気持ち悪いなら、抜いてあげるけどね」

卑猥に青年は笑い、ククククッと性感帯を捻り込んでくる。みっちりと押し拡げられた蕊道へ、柔軟性のあるしなやかなリズムで、腰を繰りこんでくる。

「こうしてみると、ボクたちは夫婦みたいだね。まるで、性欲を持て余す二人のような気がしてしまうよ」

「そ、そんなこと、あ、ありえない……あうううっ」

猛々しい圧迫感に伴《ともな》い、一体となる快楽が、見事な曲線の臀部を駆け抜けていく。

充足感いっぱいの膣筒にもかかわらず、捉えどころのない緩急をつけられると、クネクネとヒップがもどかしく蠢いてしまう。

（何なのよ、この感覚は……はううっ……）

生理的な気怠さにも遥は襲われていた。それが、排卵日特有のものとわかっている。聳え立つ肉茎でゴンゴン深奥を叩かれるだけなら、耐えられる屈辱ではあった。

だが、中出しとなれば話は別だ。

「ダメェ！　あううっ、わ、わかっているはずよ……き、危険日だということを……ほおーっ！」

反りかえるペニスの裏筋もカリ高の怒張は、容赦なく膀胱側の媚肉をひしゃげていく。すうっと毛筆でなぞるような軌跡に物足りなさを覚えた直後、ヌルッと膣襞へ踏み込まれると、一気に淫炎が大きくなる。

「いや、危険日って言われても……ボクには何のことやら。それより、遥が腰を振ってるんだから、いいじゃん！」

「え!?　そんなはずない……ううう……あるわけ……こおおっ」

ボッと襞スジの感度が急上昇し、義姉は灼けつく胎内に美貌をキュッと歪ませた。

ドロドロに燃え尽きてしまいそうな下肢の暴走を抑えられなくなっていた。

（ううっ、小刻みなアクメを繰り返していたから、腰が勝手に……）

「あううっ、な、中で出したら、ど、どうなるか……ううぅっ」

何とか義弟にわからせようと、必死に遥は進を見上げる。クイクイッと進に腰を突かれると、悩ましい快楽で呼吸が乱れていく。甘い嗚咽を叫ぶ口元から、まともな言葉を紡げなくなってしまう。

「約束は忘れてないよね？　ボクのでイカなければ、中出ししない。ね、すごいシンプルでしょ」

残忍な笑い声を立てて、青年は流れるようなピストンで愉悦を伝えてくる。一度、正気に戻った理性は、再びガラガラと崩れ、痺れる脳内はペニスに侵食されていく。

(ああ、こんな短時間で堕とされてしまうの……ううっ、いやっ)

心まではへし折られたくない。身体を弄ばれるだけでなく、避妊もできない男の性処理道具になどされてたまるか、と最低限の女としてのプライドは残っていた。

「ううんっ、イキたくないのぉ……あ、ああんっ！」

グリッと膣内を肉坊主が蹂躙してきた。芽吹いた粒襞を集中的にむしゃぶりつかれ、胎内が切なく収縮した。

「ん？　何か言った？」

「だから、このまま中だ……はあうんっ」

妖艶な声で哀訴するが、熟女の願いは相手の耳に届かない。肉と肉の弾き合う水音がいびつになり、遥は喘ぎしか出せなくなる。

義姉の葛藤も、進は楽しんでいるようだった。送り込まれる快楽を咀嚼《そしゃく》できず、脳が拒絶反応を起こしだす。

（ここまで、ずっとすごいセックスを続けるなんて……）

「もうっ、やめてぇ……もういいでしょう？」

涙を頬に伝わせて、義姉はできる限り諌めようとした。

「ふう、仕方ないなあ……じゃあ、いいよ」

「え⁉　あふううっ……」

突然、抽送を中断し、怒棒が引き抜かれた。極限まで押し拡げられたぬかるんだ肉の窪地から、亀頭が去っていく。ゆるりと愛液が肉花弁から粘度の高い水飴を垂らし、ヒクヒクと小陰唇が震える。

クチュッ、クチュウッ……。

「はあんっ、擦りつけられると……もううっ」

「中には入れてないよ」

雄々しい肉棒の先端で、遥は股の付け根をいじられた。トロッと溢れる愛液をまとわせた赤黒く膨れ上がった切っ先は、クレバスやラビアをゆらゆらと嬲り上げる。

（何で、疼きが激しくなるの……はああっ、もう、いやあっ）

狭隘なヴァギナへ押し込まれたペニスを失い、遥の膣奥にはなぜか、掻痒感とも疼きともつかない空虚な物足りなさが襲う。

（焦らされてるの!?）

鈍痛の引き際にやってくる充塞感を欲し、義姉の豊満なヒップが不規則に動く。ずしッと子宮を満たす硬く熱い感触を求めて、肉ビラから淫靡な愛液が赤黒く膨れ上がった切っ先を濡らす。

「ふふ、遥義姉さんのラビア、充血が引かないね。それに、擦りつけるとウネウネ絡みついてくる。ドロドロの汁に浸けさせてよ」

「はあっ、はああっ、はっ……す、少しだけなら」

内奥をズキズキと淫炎に疼かせ、遥はわずかな接触を許してしまう。滑らかな流線形の鈴口が小陰唇に絡み合い、熱い抱擁を交わす。

「ククク、少しずつね……」

「あ、ああっ！」

媚肉はクッキリと肉槍の形状や硬さを認識し、義姉は思わず腰を突きだしそうになった。しかし、そんな思いを知ってか知らずか、進はふっと肉棒を遠ざける。ネットリと膣陰から粘度の高い糸を引いて、怒張は遠ざかる。

（はあっ、硬いモノを挿入してほしいなんて……どうかしたのかしら）

気分転換しようと義姉が立ち上がりかけると、再び淫棒を擦りつけてきた。さっきよりも膣道の入り口に少し入りこんだ。

「まだ、少し押し込んでもいいでしょ？」

遥は何も疑いようなく、黙って頷く。膣道入り口まで挿入された肉棒はクリトリスに擦りつけられる。

「ひいっ、んんっ……やめてえ」

拒絶の悲鳴をあげながら、熟女はしっかり怒張を花弁で咥えこんでしまう。ジンジンと膣入り口は抑えきれない掻痒感の塊となっていた。その象徴たる肉芽に鈴口をこじられ、鋭い刺激が肢体にほとばしる。

「ああ、動いちゃいや……疼きが止まらないのぉ」

「ククク、そんなこと知らないよ。だって、遥義姉さんが抜けっていったから抜いたまでさ。そうねぇ、おねだりされたら、アクメへイカせてあげるけど」

「そ、そんなこと……ううっ」

グニグニと肉芽を捏ねられ、遥は桃割れをブルンッと震わせた。バーナーの棒を押し当てられたようで、逞しい肉傘から肉欲を思う存分引き出されていく。

(裏肉の溝をなぞって、ピリピリしちゃうぅ……)

義姉の逡巡する心情は、中途半端に揺らめくヒップにも現れていた。

「さっき義姉さんも言っていたけど、我慢しないほうがいい」

まともに義姉の理性が働かず、肉欲の激しい求めから意識を逸らすのに必死となる。すると、息が整わないうちに、進はグイッと片脚を担いだ。

「ちょっ、ちょっと……な、何をするつもりなの?」

肢体を硬直させ、そっと遥は後ろを振り向いた。切なげな瞳に映ったのは冷血で酷薄な悪魔の笑顔だった。

ズブ、ズブリ。

「あううっ、裂けちゃう、アソコが壊れちゃうぅ」

抵抗しようと義姉は桃尻を振り立てたが、かえって肉塊を内部へ誘い込む羽目となり、ザラリと何かを強烈にいらわれた。

「はおおっ……いやっ、いやああっ!」

膣道に粒襞のスポットがあり、そこが遥の性感帯となっていた。獣じみた嬌声をあげた義姉の表情を、義弟はじっと観察していた。

「ほお、これはこれは。大した反応だな」

トロトロの膣筒は捩じ切らんばかりに肉棒を喰いしばった。

「あまり弱点を責めたくないが」

数の子天井の襞肉は、今までとは桁外れの快楽電流を発した。

「さてと、遥、本当にイカせてほしくないの？」

意地悪そうな瞳に劣情を滾らせて、進は義姉の性感帯を責め立てた。

「あ、当たり前でしょ……あ、ああんっ、い、いやー、ああんーんっ」

熟女の性感帯を進はピンポイントで徹底的に踏み込んでいく。

「いやいや、ダメよぉ……はんんっ……」

遥の膣肉は、再び抉り刺してきた肉槍をキュウキュウと搾っていく。エラから持ち上げるような膣圧に、さすがの悪魔もイキそうになったのか、たわわに実る乳房へ手を伸ばした。

「はあ、ふうんっ……ううむっ、そこはダメだってばぁ……」

ピリピリと秘粘膜に電気が走り、義姉は甘えるような上擦り声で抗《あらが》う。本能的に、その巨大なものが媚肉で締めつけるほど、衝撃的な恍惚感を与えてくれるとわかっていた。

ところが、進は喰い締めでさらに大きくなった亀頭で突貫してはこなかった。しばらくの間、張りと艶のある乳房へ深く指を沈みこませた。

「えっ、ま、また……ううんっ、はあぁっ……」

進は義姉の要望どおり、一度、しっかりと怒棒を抜き去ったあと、ゆっくり埋めこんできた。その深度は、遥の性感を焦らすように徐々に深くなりつつも、浅くなることもあった。

(完全に、焦らされてる……でも、身体の火照りはもう……)

抜き差しならぬ肉欲の昂りに、淫らに取り乱す未亡人にはなす術《すべ》がなかった。淫熱が遥の妄想を煽り、膣奥を潤ませていく。

「ああ、それ以上、入れちゃいやあ……はんっ、う、動いてぇ」

快楽の虜にされた義姉の喘ぎは、支離滅裂となっていった。女としてのプライドは雲散霧消し、気がつけば腰を突きだし、淫らに桃尻を差し出していた。

(ふう、このままでは、イッちゃう……)

汗に濡れた黒髪を頬に貼り付けたまま、遥は濡れた瞳で振り返る。ボンヤリした表情の進は、相変わらず何を考えているのか読み取れない。

「はぐっ、そこダメ、はんっ……ひぃ――っ」

義姉の要望に逆らいはじめた頃には、子宮頚部まで肉傘に抉られる状況となっていた。

「これだけ、蕩けさせておねだりの一つもできないとはね」

「えっ、そんな無茶はやめて、あおーう、おおおーっ、お願いぃ」

強烈な肉圧で胎内を押されて、義姉は天に仰ぎ、肢体をしならせた。何をされても卑猥な愛液を溢れさせ、よがり声をあげる遥を見切ったのだと、直感的に悟る。

（ああ、アソコが燃えそう……ううっ）

緩々と抽送されたり、激しく深奥を突かれたりして、身体は玩具同然になっていく。おぞましいほどの破滅的な愉悦の海へ転げ落ち、みっちりと肉棒を襞スジで揉み潰す。

「おねだりができなかった罰に、中出しさせてもらおうかな」

「な、何ですって……あはんっ、くうっ、はあっ……だ、ダメに決まってるじゃない」

再び、遥は哀訴するが、もはや進は義姉の言葉に耳を貸す雰囲気すら見せなかった。

（ふうっ……んんっ、な、何とか堪えなければ……あううっ！）

遥は子宮につながる聖膣を守ろうと、何とか下肢の力みや硬直を抜こうと必死になる。甘い快楽に痺れるピンク色の襞スジの鋭敏さを払いのけたい一心で、熟女は巨大なヒップを下げた。

「ククク、何をしたいのかわからないけど、ムダムダ！」

卑猥な水音で媚肉を擦らせつつ、進は上から覆いかぶさってきた。遥は膝をつき、四つん這いのポーズとなる。片脚をもう一度担がれ、長竿を叩き込まれた。

「も、もうやめてえ、はあんっ……ううんっ」

全体重をかけて、牡肉の塊が肉襞で満ちた女壺に突き刺される。

義弟のペニスを受け入れるわけにはいかない性感はうなぎのぼりに上昇する。

（こ、こんな大きかったの……うう、激しすぎるぅ）

狭隘な穿孔は、進の怒棒で裂けんばかりに押し拡げられていく。その圧倒的な存在感と迫力に、ざわざわと下腹部から淫熱が湧き起こってくる。

「いい加減、ボクの肉奴隷として忠誠を誓うんだ、遥」

「そ、そんな……ううんっ、私を甘く見ないでちょうだい」

啖呵を切ったものの遥の瞳がいっそう妖艶に曇っていく。片乳を揉まれて、卑猥に白肉がひしゃげられる。

（かはっ、な、圧迫感がすごくなってきた……ど、どうして……）

みりみりと恥穴を軋ませる若竿に、義姉は右へ左へ身体を激しくよじった。熟乳がプルンプルンと揺れ弾みながら、甘い汗を飛ばす。

「あっ、いや……やめて。こんなところで……」

死にたくなるほどの羞恥心に襲われる。

「今さら何をいってるんだい、遥。言っただろう、肉奴隷に場所を選ぶ権利なんてないんだよ」

凌辱者は、しなやかに腰を打ちこみながら、熟れた肉体を裸に剝きあげることも忘れてはいなかった。乳房を躍り跳ねさせていた指は、どこまでも離れる気配がない。

「いや、誰が見ているのかわからないの！　裸になんて……はおおっ」

膀胱側の膣壁をカリ高で思いっきり抉られ、勝手に遥のオンナが反応してしまう。チクチクッと刺激が走った襞スジから、昇天しそうな快楽を奏でられる。

(ああんっ、身体が勝手に動いて……遥のナカにある進を抱きしめてしまう)

「そこダメ、ピリピリする痺れが強くなっちゃうの……ゆ、許してえ……」

カチカチの肉棒は、遥の膣の中心を外れだした。プチプチと快楽神経の凹凸を剝がし裂かれ、肉圧高く押し込まれる。

「そう言われても、こんなにキュッと喰いつかれるとな……動けないくらいだ」

「だって、身体が……ううっ、おかしくなってるぅ」

遥しか持ちえない美乳と、流れるようなボディラインが空気に晒されていった。

「かなり膣奥からの愛液もドロドロになってきた……サラサラだと思いきり動けないからさ……」

「えっ、……いままで、力を抜いていたの……」

義姉は反射的に裸体を強張《こわば》らせる。ふと、進は艶やかな白肌に指を滑らせて、ズズッと正常位に熟女の尻を反転させた。

そのまま、遥の肢体が押しつけられる。淫芯はきつきつにカリ首を括り絞った。血流を止められた怒張は、禍々しく膨らんでいく。

「ううっ……す、凄すぎるぅ、は、激しくしないでぇ」

艶めかしい啜り泣きに美貌を歪め、義姉は怒濤の蹂躙を受け止めた。きつく締めつけた媚肉の襞を勢いよく擦り削られ、内奥が煮えたぎる。

「へへ、遥、イカなければいいんだ。そうすれば、中出しはない」

そう言われ、飽くなき快楽に沈みかける美女の理性は、かろうじて保たれている状態だった。ゴリンッ、ゴリンッと下腹部から飛び出す勢いで、膣筒を極太に踏み蹴られると、一気に意識を失いかけた。

（こ、こんな……逞しいのに突きあげられたら……）

Gスポットを狙い撃ちにされ、義姉は抵抗すらできない。ブチュッと逃げ場のない膣圧が卑猥な音を漏らすたび、子宮の蕩ける快楽に肢体は打ち震えた。

「ククク、そんなによがられるとボクも嬉しいな。イクときは言うんだよ。嘘ついても肉棒でわかるからね、容赦しないよ」

中性的な身体に汗を一杯浮かべ、義姉と一体になれたことを純粋に喜んでいるようだった。

「ぐっ、もうっ！　いつ挿入していいなんて……は、おおんっ！」

ゾワゾワと迫りくる快楽に、遥の言葉は寸断される。眩いほどに火照り輝く美しい裸体は汗まみれで妖艶に息づいていた。

（はあんっ、アレが、ハッキリとわかっちゃうぅ……）

熟女の白く豊かな膨らみは、クンッと乳首を斜上に向けて、重たげな生肉をゼリーのように揺れ跳ねさせた。進の手はむっちりした桃尻を鷲摑み、遥を抱え上げようとした。

「あおおっ、もういやあっ……ううんっ、もっと優しくしてぇ」

雄々しい淫棒がヌメリを擦れば、クンッと顎が上がってしまう。高い鼻梁を鳴らし、両手両足を男に巻きつけた。むちむちとしたヒップの白肉が男の指からはみ出していく。

「ふふふ、もう、完全にボクの肉奴隷になることに同意したってことかな？」

興奮と征服感を滲ませる進の声に、熟姉は何も言えなかった。すでに、膣壺を抉り上げるペニスのことしか考えられなくなっていたのだ。

「ううっ、お願い……強いのはやめてえ……」

甘い刺激をおねだりし、クネクネと遥は豊満な裸体をくねらせる。駅弁になって、密着度が高まり、怒張は子宮をコツコツ叩きまくった。

(やだ、進くんに心から満たされてしまうのだけは……いや！)

圧迫感と充塞感の虜にだけはされたくない。ヒクヒクと引き攣りだす膣を抱えながら、本イキだけは避けたかった。ただ、尖り勃つ亀頭の丸みとエラ角の形までしっかり把握できるほど、肉幹はかなりの硬さになっている。

「あっ、えっ……はああんっ……」

奥ゆかしい刺激に、遥は顔をのけ反らす。グンとヒップを持ち上げられ、迫り出した熟乳の先端を甘噛みされる。唐突な感覚に破滅的な愉悦を覚え、ジンジン湧いてくる快感に、女は顎も背も反らした。

「強いのって言われてもな……こういうことかな？」

「あおーう、おおおーっ……い、いやああっ、あごおっ」

出し抜けに、進は熟尻から手を離す。ガクンと遥の裸体がずり落ち、極太の長竿に深奥を抉り刺される。まるで身体を真っ二つに引き裂かれたような衝撃に、思わずイキかける女体の乳房が躍った。

「遥！　イッたら……中だしだ！」

そのかけ声に、義姉は相貌を真っ赤にして奥歯を噛みしめた。

脳髄を劇悦に蕩けさせられた状態で、熟女は何とか肉欲の暴走を食い止める。口の端から涎を垂らし、悶えつつも、耐えて凌いでみせた。

「中出しだけはいやぁ……」

「そうそう……そうしていれば、中には出さないから」

同じことを何度も繰り返され、グッタリした遥はしたたかに尻たぶを叩かれても、緩々と桃尻を迫り上げていくだけだった。

（こ、こんな獣じみたセックスになるなんて……）

透けるような白肌に髪の毛をへばりつかせ、義姉は深い呼吸を繰り返す。たわわに実った釣り鐘状の胸が艶めかしく揺れ、恥穴はヒクヒクと淫靡にだんだん肉を蠢かせる。

「も、もう許してぇ……」

疲労感と陶酔感で振り向いた遥が見たのは、まったく萎えていない義弟の赤黒く膨れ上がった切っ先だった。深い絶望感に脳裏を掻きむしられ、美女は牝の片鱗を現していく。

「ふううっ、かなり遥もへばったようだね。まあ、ここまでやるつもりはなかったんだけど、プライドの高い女はとことんやらないと、堕とせないから」

好き勝手な理屈をいって、進は遥の桃割れへテラテラ光る鈴口をあてがい、グッと腰を落とす。もう、何をされても快楽しか義姉は感じないようになっていた。

(ううっ、いつまでヤルつもりなの、進は……)

是が非でも堕とす気満々の義弟はあきらめる気はないらしい。

(で、でも今日はダメ……は、孕んじゃうわ……)

「はううんっ……ああっ、は、早く動かないで……んんんっ」

バシンと桃尻に股間をぶつけられる。熟女の汗と愛液が飛び散り、柔肉が質感をアピールするよう、波をうって撓《たわ》んだ。

「しょうがないなあ。じゃ、歩み寄ろうよ。要は、遥義姉さんが先にイカなければ、いいんだ。だから、ボクが先にイッたら、中出ししない。これでどう？」

「わ、わかったわ。お願いだから、もうやめて……お、おかしくなっちゃう」

ヌルッと胎内へ滑りこまれ、遥は進に抱きついた。美尻を圧し潰され、ソッポを向き合う乳房が握り絞られる。生々しい快楽に下肢が痺れた。

「遥ねーさん、ボクのこと嫌いなの？」

「え、ええ!?　そ、それは……」

「ボクは遥義姉さん、大好きだよ」

今までとは違う、甘えるようなあどけない声で進が語りかけてくる。ふっと虚をつかれた遥の胸に、切ない疼きがほとばしり、あっさり弾ける。

(だ、ダメよ、甘い顔を見せちゃ。ここが踏ん張りどころなの……)

今までもさんざん同じ目に遭ったではないか、と思いつつ側位で進に抱きしめられ、ストレートに求愛を告白されれば、ぐらりとガードが解けてしまう。

「嫌いなわけないじゃない。でも、これは違うの……あ、ああんんっ」

ヌルヌル快楽粘膜を怒張で引っ掻きまわされる。愛しさが湧きあがり、切なさも上乗せされてギュギュっとカリを喰い絞めた。

「ホラ、気持ちいいでしょ。こういうこともできるんだ」

子供のような口調で、豪棒をグリグリと回してくる。膣の肉襞を乱打され、鋭いカリエラで削り抉られ、極上の肉悦が子宮を慄かせる。

「きょ、今日はダメなの、はあんんっ……ああんんんっ……」

淫らな心地よさは、諸刃《もろは》の剣《つるぎ》となってしまう。女筒で絡みつけば、義弟の愚息は強張りを増し、さらに快感が遥を襲うことになる。

締めつけが強まれば、紅い肉坊主の暴発を速められる反面、外で爆発してくれるかどうかわからないという疑念が頭をもたげだす。

（この子、本当に外出ししてくれるのかしら……）

約束を違える可能性が大きいだけに、遥は複雑な気分を拭えなかった。そして、互いに昇天しなければ、いつまでもここでセックスすることとなる。

「そう、それは残念だな……非常に残念だ」

酷薄な笑いを含ませ、進は義姉をうつ伏せにした。

「ああんっ……ど、どうするつもり!?」

「どうするもこうするもない。時間もない。一気に中出しさ」

さらりと進は言い放つ。遥は後ろを振り返ろうとするが、頭を押さえつけられてしまう。後頭部に当てられた手を払いのけられず、両手を摑み上げられた。

（な、何とかしなければ……）

すでに何もできない状況へ追い込まれ、遥はパニック状態へ陥る。

「はああんっ……ああ、あんっ、ひいんっ……んんっ、んあ」

バシン、バシンと桃尻が弾け飛ぶ。無抵抗の豊満な裸体を蹂躙せんと、進は肉鞭を叩きつけた。ズンズン捻りこまれる剛直は、快楽の火花を散らして深奥の子宮膜へ突き刺さる。

「オラ！　もっと喚け、鳴け、よがってみろ、遥！」

「い、いやあっ！　だ、誰がアンタの言いなりになんか……はぐううっ」

本性を剝き出しにした義弟へ悪態の限りを吐き捨てる。ただ、胎内を激しく蹂躙する肉棒は、とてつもない悦楽をもたらし、淫頂へ導いていった。

（ここまで、身体が動かせないと……勝手にアソコが……）

グチュグチュと卑猥な水音に合わせ、熟女は腰を振りだした。

「クク、腰振りダンスはもっと派手にやれ！」

「はあん、乱暴はやめて……ください。ああん、ふうんっ」

口調とは別に、進の繰り込みは性感スポットを深く突いてきた。しかも、うっすらと撫でるときもあれば、ゴリゴリ削り倒すときもある。

（ああ、もう、アソコがジンジンして震えてきた……）

ゾロリと媚肉を擦られ、桃尻を振りたくると、増幅した掻痒感に合わせたドン突きを繰り込んできた。

「はあ、あおおおっ……」

気がつけば、遥はむっちりしたヒップを跳ね狂わせ、剛直を千切れんばかりに喰い込ませた。前後上下、左右へと不規則に白尻を揺らめかせると、芯へ響く衝撃を送られる。

（いや、このままだとイッちゃう……）

無抵抗の熟れた身体は正直に反応した。押し寄せる快楽の波に呑み込まれ、ゆらゆらと小刻みに生尻を動かすと、雄々しき怒棒が疼きを鎮めてくれる。

カリで媚肉を削られると、飽くなき掻痒感が湧き起こり、肉欲の源泉となって肉幹を搾り舐めていた。

（うう、イク……）

熟肢から力が抜け、膣筋肉は痙攣しはじめる。

「ああんっ……も、もうイグッ、イグウウッ」

グンッと顔をのけ反らせる遥の細首から汗が滴り落ちた。脚先の指までピンと張りつめさせる。

「ふふふ、義姉さん、いい乱れっぷりだ。でも、今回はそう簡単にいかないいんだよ」

ドロドロの抜き差しから、進はスローダウンする。

（ええっ、ここまで来て、ど、どうしたのぉ？　いやあっ、でもおっ）

ここで一発中出しを食らえば引けない状況になる。肉欲の掻痒感が滾る女体を抱えて、遥は濡れた瞳で振り返った。

進の背後に立ちすくむ人物へ義姉の視線は奪われる。そこには遥と進に最も近い人間が立っていた。

「え、ええっ……ああ、どうして、何で誠さんがここに？」

義弟との淫らなセックスを見られているという羞恥心に、遥の子宮は一気に収縮を強めていく。ところが、進はペニスをゆらりと引き抜いてしまう。

ズブリ、クチュ、ズブチュチュ……。

ドッグポーズで爛熟した薔薇肉を晒す妻に、誠は動揺しつつも落ち着いた口調で言い放った。

「進さん。彼女が可哀そうな気がします。何とか楽にしてあげてくれませんか？　それで、僕がここに連れてこられた理由を話してくれませんか？」

抑揚のない言葉に、美女は凍り付いた。

「ど、どうしてしまったの？　誠さん……」

どこか、感情の揺らぎがない夫に、妻は思わず叫んでしまう。

3

遥は誠を改めて見た。ピシッとした喪服のスーツを身につけ、秀麗な顔立ちはどこか義弟と似ている。外見は何も変わっている点がない。

（でも、どうして私を覚えていないの？　遥よ、誠さん！）

あまりにも破廉恥な交接を目にして、妻と認識できないのかと遥は思った。

進は裸体のまま、誠に語りかけた。

「お手数をおかけしてすいません。誠さん、この女性に心当たりは？」

さっきまでとは一変して、進は紳士的に優しく問いかけていた。まるで、まったく縁故のない人間へ話しかける口調は、恐ろしいほど穏やかなだった。

誠はじっと遥の裸体を見つめたあと、無表情で首を振った。

「いえ、申し訳ありませんが、記憶にございません。進さん。この方は僕にかかわりのある方だったんでしょうか？」

義姉は信じられない、という悲しさと怒りに胸を締めつけられる。

（どういうこと？　私をまったく覚えていないの？　そんな……何かの間違いではないかしら。そうよ、これは進がすべて仕組んだ芝居だわ……）

静謐な空気が淫乱な妻を包み、プルッと桃尻を震わせた。その男は誠と名乗ることもなく、きちんと座布団に正座した。

遥の哀訴の美貌を無視し、誠と名乗ることもなく、彼はどこか無感情な雰囲気の表情で進に顔を向けた。

「進さん。僕はしばらく、ここに座っていればよろしいんですね？」

「そうです。医師の同意ももらってありますから、ご安心ください。ただ、何か思いだすことがあったり、気分を害することがありましたら、遠慮なく言ってくださいね」

「はい。一ノ瀬家の当主には、お世話になっておりますので、少しでも恩返しさせていただけたら、大変光栄です」

よそよそしい無味乾燥な会話に、遥の思考はついていけるはずもなかった。

「これも、一ノ瀬家の習わしでね。きちんと儀式は済ませておかないといけないいんだ」

　進は遥を抱え上げて、布団に横たえながら囁いた。

「ちょっと待ってよ！　誠さんと話をさせて。彼は、誠さんなんでしょ？　生きているなら、夫が一ノ瀬家の当主じゃないの！」

　遥は進を睨みつけた。同時に、今までさんざん慰み者として抜き差しされた記憶が走馬燈のように蘇り、屈辱と恥ずかしさに脳みそが沸騰する。

「ふふふ、その前に遥は肉奴隷ということを忘れている」

　進が豊満な桃尻を両手でこね回した。迫り出す巨尻から、劣情が伝わり二十七歳の美女は思わず甘い喘ぎ声を漏らす。

「どうすればいいのよ？　ああっ、んんんっ、誠さんが見ている前で、変なことしないで！　もうっ、はああっ、ひいっ、んんあっ！」

　性感の昂りが引かない裸体を、遥はもどかしそうに揺すった。

「そんなこと、言われなくてもわかっているだろ。ご主人様を満足させる穴を差し出すんだ。義姉さんの疑問は、僕の征服感が満たされれば答えてあげる」

　人妻の裸体は無残なほど汗を噴き出した。よもや、夫の眼前で義弟と交わるなど想像もしていなかった。しかも、アクメに昇天しかけた淫欲は子宮に留まりつづけていた。

（ううっ、で、でも誠さんの見ている前で、アソコを差し出すわけにはいかない）

逡巡した挙句、義姉はうつ伏せになって、桃尻をせり上げた。両手で桃肉を掻きつくろげ、パックリと割り裂いた。菊皺の集結した恥穴しか考えられなかった。

ところが、進は可憐な肉花弁にしっかりと怒張を据えつけた。

「いやあっ！　こっちのほうがいいって、言っていたじゃない！　どうして、ヴァギナを選ぶのよぉ……もう、遥はヤバいのに……」

すると、進の代わりに誠が口を開いた。

「遥さん……というお名前なんですね。進さん。この方は、大丈夫なんでしょうか？　何か、おかしな汁もたくさん垂れ流されてらっしゃいます」

夫の言葉とは思えなかった。これ以上ない羞恥心に駆られ、二十七歳の女体は激しく燃え上がった。ジクジクと充血した膣片が脈動し、愛液をドッと溢れさせる。

「ククク、誠さんを見つけたのは偶然だったよ。僕は正直、複雑な気分だったよ。だって、元の頼もしい兄とはかけ離れた雰囲気だったから。それは、記憶喪失によるものだった。もう手の施しようがなかったんだ」

進は怒張に体重をかけて、腰を沈めていった。

「はああんっ！　いやあっ！　彼が見ている前でこんなはしたない姿は見せたくないい……ああんんっ、やめてぇ！　いやああっ！」

視姦とは違い、夫の視線は至極自然なのものだった。それが、妻には歯痒くもあり、これ以上ない恥辱に他ならない。しかし、容赦なく怒棒は襞孔を埋め立てていく。

ズブ、ズブズブ、ズブリッ……。

カッと目を見開き、遥は桃尻を振りたてた。あらん限りの力を掻き集めて、抵抗を試みる。腰をよじって側位になると、スラリとした片脚を持ち上げられた。

「このほうが、誠さんにも繋がっているところをよく見てもらえるからな。ほら、誠さん。いま、僕はこの遥とセックスをするところなんです」

そう解説されると、義姉の裸体に恥辱の淫炎がともされる。重厚な肉瘤と小陰唇が擦れあい、膣陰を圧迫されたとたん、瞼の裏が真っ赤に染められていく。

夫だった男は、予想もしていないことを美女に尋ねる。

「遥さん。進さんのペニスをお尻の穴に突き刺されるのは、つらくありませんか？　とても苦しそうです。どう、感じているんでしょうか？」

夫の尋問に、義姉の大柄な裸体は桜色に染まり、ドッと汗を噴き出した。マンネリ化していた膣襞が息吹を取り戻し、キリリと肉棒を絞めつけてしまう。

（な、何なのよお！　どうしちゃったの誠さん！　ああんっ、いやああっ！）

「ほら、誠意を見せれば中出ししないで、真実を語るからさ」

ゆらりと腰を繰り出しながら、義弟は嗤って水音を引き出した。意思ではどうにもできない恥汗が膣道を滑らせ、女肉をわななかせる。

「はあんっ、進のオチ×チンに突き立てられるとき、愛液で濡れていないと繊細な粘膜は痛覚が強くなってしまうの。でも、こうして膣奥の分泌液でひたひたになるとね、ほどよい摩擦は快楽になっていくのよ」

記憶喪失の夫にセックスの醍醐味を語る女ほど、惨めな生き物はいないのではないか、とすら遥は思ってしまう。

「ククク、遥。いい答えだ。ほら、遥からも質問していいよ」

焦らされた肉欲で、媚肉の締めつけは比較にならぬほど強くなり、遥にも容易に進の肉傘が進まないとわかる。進は、義姉の肉割れを責めたてるのに注力したいようだった。

（ああんっ、でも、こんな状態で、誠さんに……はああっ）

「あなたは、自分の名前を思い出せないの？　誠という響きに心当たりはない？　過去の記憶で遥という女性に……はああんっ、んんっ、激しくしないでぇ、心当たりないぃ？　おおーんんっ……」

灼熱の炎棒をグリグリと押し込まれ、義姉のふくよかな美乳がプルンプルンと揺れ弾んだ。みっちりと狭隘な肉襞をラッセル車のように蹂躙され、遥の女体は快楽の電流がスパークする。

小刻みに妖艶な柔肉を波打たせる妻だった女に、夫はじっと視線を当てたあと、無表情で首を振った。それは、諦念めいたものを感じさせもした。

「申し訳ありませんが、過去の記憶はまったくないのです。今、完全に抜け落ちているのは、時間という感覚と……」

しばらく、重々しい沈黙を挟んで、誠は顔をあげた。

「生殖機能というものです。今の僕には女性と言われてもピンとこない。だから、進さんがやられているセックスの意味も理解できないのです」

それから、再び誠は感情の起伏がない無表情な顔に戻る。かつての夢や希望を語る逞しさの欠片も失った男が、遥には色あせて見えてしまった。

（もう、彼は誠さんではないのかもしれない……）

すかさず、進はおぞましい提案を二十七歳の美女に口にする。

「生殖機能と記憶のない人間を一ノ瀬家の当主と認められない。だって、家の統制がとれないことはわかるでしょ？　いちおう、隠居という扱いになり、丁重な待遇を受ける。ただ……」

「はああんんっ、ああっ、も、もうその腰使いはやめてえ、癖になっちゃうぅ！　あはんんんっ……い、いやああっ！　ああんっ、あんっ！」

クイクイッと顎をしゃくるように、進は肉棒を繰り出した。肉ヒダを詰め込んだ牝壺を馴染ませようと、愛液に乗って肉槍が遥の襞スジを切り裂いていく。

（ただ、何よ！　ああんんっ、誠さんの前でセックスまでさせて……）

遥自身、もう、これ以上の屈辱はないと思っていた。

進は肉棒を手繰りながら、声色を変える。

「妻だった女性は一ノ瀬家の当主の肉奴隷に堕ちれば、当主の妻となる。昔の言い方では、正室、側室とか言ってたみたいだね」

刹那、淫欲に女盛りを燃やし、汗だくの熟女は振り返る。若々しく透明感のある切れ長の瞳を大きく見開き、ゆらゆらと黒目をくゆらせた。

「冗談じゃないわ！　そんな馬鹿な話を受け入れられるはずないじゃない！　進くん、一ノ瀬家の当主とか、ふざけたことばかり言ってると、承知しないわよ！」

全身の血が沸騰する感覚に、義姉は殺気すら込めて目尻を吊り上げた。ぽってりした唇をギュッと閉じて、への字にひん曲げ、青年を睨みつける。

進は平然と受け流し、膀胱側の膣粒をカリでザラリと削り荒らす。

「馬鹿でもないし、ふざけてもいない。どこの世界に、亭主だった男の前で淫乱にセックスを嗜む女がいる？　嬉しそうに愛液を絡ませ、肉棒を膣で嬉々と締めつける淫乱女が、どこにいるかと聞いているんだ！」

メキメキと肥え太った怒棒で、進は遥の花蕊をほじりまくった。冷血な進の獰猛な血液は、逆流する代わりにどんどん肉幹を太くしていった。

「ふああっ、ああんっ、やめてぇ！　す、すごいのくるうっ、あ、そこの襞スジは擦っちゃいやあ、あ、ああんっ、そこをガンガン突かないでぇ！　ほおおっ、は、弾けちゃうのぉ！」

極太ペニスでハードピストンされた経験は遥にもある。だが、あくまで拡張感と充足感を与えてくるだけだった。

（どこもかしこも、すべて気持ちいいポイントを的確に突いてくるぅ！）

進の律動は、熟女の持つ性感帯を無駄なく確実に抉りこんできた。

「あ、ああっ、あはんっ、許してぇ……お願いぃ、しますう」

怒りと恐怖に引き攣った遥の表情が、トロンと甘く緩んでいく。愛液が飛沫をあげる中で、膣粘膜がどこもかしこも快楽を貪りだしていることへ恐怖感すら抱きはじめる。

「なるほど。粘り気のある汁状態の液体が遥さんのオマ×コから出ている。グチュグチュとすごい音を立てている。これは、遥さんが喜んでいる証拠ですか?」

かつて夫だった男は真顔で、遥に尋ねた。

「ククク、義姉さんも形《かた》無しだな。バックでガン突きされて、ドロドロに膣襞で包み込んでくる。遥、先にイカなければいいんだ。そうすれば、帰るか、僕の女になるか、選ばせてあげる」

「えらそうに、ああんっ、はぐううっ! おほおおっ、す、すごいぃっ、だから、そこは、そこは駄目っ、いやあっ、気持ちいいのぉ!」

アクメにイカないために、遥はギクシャクした筋肉の使い方をしていた。無理な理性へのしがみつきが、突発的な痙攣を引き起こし、絹肌が震えるたびに、キリリと肉棹を捕まえてしまう。

(そ、そうよ。ナマで挿入されても、ナマで出されなければ……)

もはや、義姉は恥を失いつつあった。

何とか孕みたくない一念で、火炙りにされる白蛇のごとく、クネクネと裸体を不規則に動かして、凌辱の衝撃を逃そうともがいていた。

ところが、悪魔のような青年は遥の様子を確認すると、誠に目で合図を送った。

「もういいのですか、進さん？　予定ではまだ早すぎると思いますけど」

誠は腕時計をチラリと見て、進に念を押した。

「いいんです。彼女の限界も近そうだ。場所も時間も違うけど、別にどうということもない。僕の指示だと伝えてくれれば、問題はないですよ」

わかりました、と誠は部屋をあとにした。

「はあんっ、な、何をするつもりなのぉ！　いや、ううっ、はあっ！」

全身が性器になった感覚の遥は、訝しげに進を振り返る。

「いや、何でもないよ。遥はただ、僕の肉奴隷を演じていればいいのさ」

微妙に腰繰りはスローテンポとなっていく。快楽神経を巧みに弄られつつ、ピクピクと媚肉の痙攣を収束できる律動は、遥にとって、有難いものであると同時に不気味でもあった。

(な、何か嫌な予感がするわ……ううっ、嵐の前の静けさみたいな)

予感は的中した。

「ほーっ、これはこれは。冠婚葬祭とはいうが、婚葬とは珍しいな」

ぬっと男衆が一人、また一人とやってきた。

(何でこの爺やがやってくるの……まさか……)

「義姉さん。今回の葬儀はすべて仕組んであったのさ。もう、一ノ瀬誠という当主は亡くなったも同然。だが、それだけの報告では芸がないからね」

遥が口応えする間を、進は与えてくれなかった。

(腰の突き出し方が変わっていく……)

力強く激しいものでありながら、捉えどころのない穿ちに、遥の女体はいいように艶めかしく喘ぎ、まな板の鯉のようにピチピチと跳ねる。

「ほお──っ、これはこれは。いい、眼の保養をさせてくれる」

二人を取り囲むように、進の祖父が眼と鼻の先に陣取り、粘り気のある視線を女体に浴びせる。彼らは、土足のまま女部屋に入り込み、立ちこめるフェロモンに鼻息を荒くして、じっとセックスを眺めていた。

そして進は宣誓する。

「皆さん。本日はお集まりくださり、誠にありがとうございます。このたび、この一ノ瀬遥をわたくし、一ノ瀬進の妻として迎え入れることになりました。その記念となる孕ませ儀式を堪能していただきますよう、たっぷりと我が妻の裸体を鑑賞ください」

二十七歳の美女は、どよめきや舐めるような視線から逃れるため、ギュッと目をつぶるしかなかった。このうえない屈辱に涙があふれ、啜り泣いてしまう。

「ああんんっ、いやあっ！　はあんっ、でも気持ちいいのぉ！」

それでも、官能の悦楽を叫ぶ女体を呪った。

（ああっ、真っ暗な世界に神経を集中させれば、この子のペニスが浮かんで……）

藁をも摑む気持ちで、遥はかすかな理性を拾い集めようとする。どこにも逃げ道がないなかで、唯一の希望は中出しされないことだった。

淫らな水音が掻きたてられると、爺や連中は歓声をあげる。極太ペニスの切っ先が襞スジを刈り取ると、ブルンと肉厚な桃尻が跳ね飛び、女肉はわなないた。水飴のように二人の肉が蕩けていく感覚は、極上の悦楽に他ならない。

（ううっ、負けないわ。中に出さなければ孕まない。そうすれば……）

一ノ瀬家の子を宿してしまえば、一生逃れられない縁《えにし》を背負うことになる。それだけは何としても避けたかった。

ただ、皮肉にも遥の願いを打ち砕いたのは、誠の呟きだった。

「セックスというのは、男女とも同時にイクということはあるのですか？」

口から心臓が飛び出しそうな言葉に、思わず義姉は目を開けてしまう。

「ほお——っ、この女があの気の強い遥嬢か？ 信じられんな。進くん。君、よほど、この女を虐めたんじゃろ。もう、性欲の塊みたいな尻軽女の表情をしとるではないか？ のう、遥さん？」

「いや、いやあああああっ！ ちがう、ちがうわあ、そんなんじゃないわっ、これは何かの間違いよぉ……はあんっ、んんあっ、あんんんっ、気持ちいい、アソコが疼くぅう、ああああっ、燃えそうなほど熱いぃ！」

牡の視線に一斉射撃され、愛していた男に悪魔のような青年の言葉のあやを突かれ、遥は豊満な裸体をクネクネとよじらせる。バシンと股間を叩きつけられ、グンッとのけ反り、白い喉を晒す。

（ああ、誠さん……見ないでえ、よけいなことをいっちゃいやあ！）

記憶のない青年は、情緒もないように質問を止めない。

「進さん。女性がイクというのは、どうやってわかるんだい？ だって、男は精子を射精するからわかるだろう。でも、密かにイクのを隠すこともできるんではないかなあ？」

進はその質問に素直に答えた。

「そうですね。いくら相思相愛でも嘘をつくときはある。だったら、女性がイクのは膣の脈動と喰いしばり、痙攣がやむまでと定義すればいいんだ。ククク、それを今から実演しますよ」

ピシッと、二十七歳の美女の何かが音をたてて崩れていく。一縷《いちる》の希望の光を完全に閉ざされた、禁断の花園に容赦ない一撃が打ち立てられる。

「はあんっ、いやいや、中には出さないでぇ！　もういやああっ。お願いよぉ。アナルでもどこでもかけていいからぁ！」

必死の形相で遥は哀訴を繰り返す。何とか逃れようと腰下に力を入れれば、極太を絞り込み、さらに剛直へと変えてしまう。ヌルヌルッと快楽粘膜を抉られて、女体は快楽に歪み、ふにゃりと桃尻が圧せられる。

「はうっ！　おほ、これ、これすごい、いいん……や、や！　ああ、すごい、ひいい……う、あ！　イク、イッちゃう、そんなに激しくされて、ああ、イグウッ！」

絶頂は突然、遥の女体に襲い掛かった。もちろん、進の肉棒は強張りを増すだけで、痙攣もしていない。膣筋肉が快楽の刺激に震えて、ギリギリとカリをねじり搾る。グッグっと鎌首を内部に引き込んだあと、ポルチオ周辺のコブヒダが亀頭を舐めしゃぶり、揉み潰す。

「ふふふっ、約束だ。しっかり孕むよう、中に出してやるよ。もう、僕でも止めることはできないから。兄さんと過ごした記憶ごと消し飛ばしてやる！」

ふっと、遥の瞼の裏に誠と過ごしたはずの時間が蘇った。もう、あの誠はどこにもいないのだ。そして、凌辱青年の肉棒なしでは過ごしていけない堕ちた己を見いだしていた。

「ふふふ、そら、食らえ！」

「はあんんっ、ああっ、熱いぃ……子供ができちゃうぅ……はあああっ、いやあああっ、あおーう、おおおーっ、イキたくない、あぁぁっ、ひいぃ、精子を注がれて、イッチャウウウッ！」

子種を注がれた義姉の牝壺は激しく収縮した。鉄よりも硬い怒張に突き崩されて、膣の堤防が決壊し、大量の淫汁が湯気を出して溢れ出す。

「ほお、こりゃすごいイキっぷりだ」

周囲の歓声とどよめきを浴びながら、遥はドクドクと胎内を抉るペニスに愛のキスを交わし、一生抜けられぬ堕欲の沼へ転がり落ちていった。

◉新人作品**大募集**◉

マドンナメイト編集部では、意欲あふれる新人作品を常時募集しております。採用された作品は、本人通知のうえ当文庫より出版されることになります。

【応募要項】 未発表作品に限る。四〇〇字詰原稿用紙換算で三〇〇枚以上四〇〇枚以内。必ず梗概をお書き添えのうえ、名前・住所・電話番号を明記してお送り下さい。なお、採否にかかわらず原稿は返却いたしません。また、電話でのお問い合せはご遠慮下さい。

【送付先】 〒一〇一-八四〇五　東京都千代田区神田三崎町二-一八-一一　マドンナ社編集部　新人作品募集係

喪服《もふく》の三姉妹《さんしまい》 孕《はら》ませ絶頂儀式《ぜっちょうぎしき》

二〇二一年六月十日　初版発行

著者◉星凛大翔【せいりん・やまと】

発行◉マドンナ社
発売◉二見書房
東京都千代田区神田三崎町二-一八-一一
電話　〇三-三五一五-二三一一（代表）
郵便振替　〇〇一七〇-四-二六三九

印刷◉株式会社堀内印刷所　製本◉株式会社村上製本所　落丁・乱丁本はお取替えいたします。定価は、カバーに表示してあります。

ISBN978-4-576-21069-8◉Printed in Japan◉©Y.seirin 2021

Madonna Mate